A QUINTA ESTAÇÃO
O DESTINO DE KONATH
LIVRO 1

Editora Appris Ltda.
1.ª Edição - Copyright© 2023 do autor
Direitos de Edição Reservados à Editora Appris Ltda.

Nenhuma parte desta obra poderá ser utilizada indevidamente, sem estar de acordo com a Lei nº 9.610/98. Se incorreções forem encontradas, serão de exclusiva responsabilidade de seus organizadores. Foi realizado o Depósito Legal na Fundação Biblioteca Nacional, de acordo com as Leis nos 10.994, de 14/12/2004, e 12.192, de 14/01/2010.

Catalogação na Fonte
Elaborado por: Josefina A. S. Guedes
Bibliotecária CRB 9/870

P649q
2023
	Pine, Anthony
	    A quinta estação : o destino de Konath / Anthony Pine.
	    1. ed. – Curitiba : Appris, 2023.
	    177 p. ; 23 cm.
	
	    ISBN 978-65-250-5180-2
	
	    1. Ficção brasileira. 2. Ficção erótica brasileira. 3. Fantasia. I. Título.
	
	                                                                                                                                                                                   CDD – B869.3

Editora e Livraria Appris Ltda.
Av. Manoel Ribas, 2265 – Mercês
Curitiba/PR – CEP: 80810-002
Tel. (41) 3156 - 4731
www.editoraappris.com.br

Printed in Brazil
Impresso no Brasil

Anthony Pine

A QUINTA ESTAÇÃO
O DESTINO DE KONATH

FICHA TÉCNICA

EDITORIAL	Augusto Coelho
	Sara C. de Andrade Coelho
COMITÊ EDITORIAL	Marli Caetano
	Andréa Barbosa Gouveia (UFPR)
	Jacques de Lima Ferreira (UP)
	Marilda Aparecida Behrens (PUCPR)
	Ana El Achkar (UNIVERSO/RJ)
	Conrado Moreira Mendes (PUC-MG)
	Eliete Correia dos Santos (UEPB)
	Fabiano Santos (UERJ/IESP)
	Francinete Fernandes de Sousa (UEPB)
	Francisco Carlos Duarte (PUCPR)
	Francisco de Assis (Fiam-Faam, SP, Brasil)
	Juliana Reichert Assunção Tonelli (UEL)
	Maria Aparecida Barbosa (USP)
	Maria Helena Zamora (PUC-Rio)
	Maria Margarida de Andrade (Umack)
	Roque Ismael da Costa Güllich (UFFS)
	Toni Reis (UFPR)
	Valdomiro de Oliveira (UFPR)
	Valério Brusamolin (IFPR)
SUPERVISOR DA PRODUÇÃO	Renata Cristina Lopes Miccelli
REVISÃO	Bruna Fernanda Martins
PRODUÇÃO EDITORIAL	Miriam Gomes
DIAGRAMAÇÃO	Renata Cristina Lopes Miccelli
CAPA	Daniela Bauguertner

A meu pai, um grande contador de histórias, de quem herdei o dom para contá-las.

AGRADECIMENTOS

Agradeço à minha professora de escritaria, Marianna Kiss, pelos conselhos, orientações e dicas de escrita literária que me proporcionaram crescer como escritor.

À médica e amiga Julieta Guevara, pela sugestão de escrever como terapia, o que me incentivou a começar esta trilogia, nos idos de 2003.

Ao meu companheiro de jornada, Marco Carvalho, pelo incentivo, críticas e paciência, além de muito amor envolvido.

À minha cunhada e melhor amiga, Fátima Facchinetti, pelo apoio incondicional dos meus projetos e loucuras. Love you Milady.

Agradecimento especial às queridas Luci Tie Kanaya e Annette Menezes, que com suas leituras críticas me fizeram revisar muitas vezes minha escrita, sempre apurando, melhorando a narrativa e tornando-a mais "picante".

Aos familiares e aos amigos próximos, pela paciência de me ouvirem durante anos falando sobre os livros, contando trechos, pedindo sugestões, ouvindo críticas...

A todos o meu super obrigado, pelo carinho. Amo muito todos vocês.

PREFÁCIO

Entrega. Fantasia. Desejo. Excitação.

É assim que descrevo Konath em sua *Quinta Estação*, e se você me permitir desejar mais... ele é tudo o que eu gostaria de ser e vivenciar... mesmo sendo mulher.

Amante de literatura, autora de diversos títulos... eu tive o privilégio de corrigir esta obra e me deliciar. Confesso, inclusive, que em muitos momentos deixei o original de lado para... bem, você sabe o que... mergulhar no mesmo prazer do protagonista.

O talento de Anthony Pine dispensa comentários e basta fitar-lhe os olhos para ter a certeza de que, ao ler esta obra, você vai entrar numa montanha-russa de emoções... ora sentindo o cheiro, as cores e a textura do cenário descrito, ora indignada pelo sofrimento de Konath, ora desejando ser seu par, ora querendo ser uma deusa para de longe dedilhar cada centímetro de seu corpo.

Suspiro. Suor. Frio na barriga. E as mãos dançam por si só pelo próprio corpo... não, minto... dançam sob o comando dos olhos aflitos ansiando chegar ao final... ou não chegar ao final da leitura que é um mel de prazer.

Estou sendo muito erótica? Creio que seja contaminada pela fantasia envolvente de toda a trama e, se assim você também ficar, espalhe a notícia para que em breve leiamos a continuidade... e ela precisa ser escrita o quanto antes. Até lá, que você suba pelas paredes. É o que te desejo hoje...

Marianna Kiss

Escritora e sexóloga

SUMÁRIO

INTRODUÇÃO 17

CAPÍTULO 1
A CONVERSA DOS MESTRES 19

CAPÍTULO 2
SOBRE O CASAMENTO 23

CAPÍTULO 3
CONVERSA COM THUAD 26

CAPÍTULO 4
A EMBOSCADA 30

CAPÍTULO 5
O MERCADOR DE ANCILLOS 34

CAPÍTULO 6
A PREPARAÇÃO DO CASAMENTO 37

CAPÍTULO 7
O LEILÃO 41

CAPÍTULO 8
NO PALÁCIO DE NAY-HAK 46

CAPÍTULO 9
ANCILLO DE AYLEKH 48

CAPÍTULO 10
A NOVA VIDA DE KONATH 55

CAPÍTULO 11
A TRÁGICA NOTÍCIA 59

CAPÍTULO 12
O DESEJO DE DEKNEE 61

CAPÍTULO 13
A BUSCA DE NOTÍCIAS... 64

CAPÍTULO 14
O ARDIL DE DEKNEE 67

CAPÍTULO 15
A ASTUCIOSA K'THEE 71

CAPÍTULO 16
A SUSPEITA DE ROUBO 74

CAPÍTULO 17
O DESALENTO DA PRINCESA.. 82

CAPÍTULO 18
PRISÃO E TORTURA 83

CAPÍTULO 19
A DESESPERANÇA DO IMPERADOR.. 87

CAPÍTULO 20
PERCEPÇÃO DOS PODERES 89

CAPÍTULO 21
PLANEJANDO A FUGA... 94

CAPÍTULO 22
A TRAMA DE GANYYR E SAHKKOR... 96

CAPÍTULO 23
FUGA DE TAL-REK 99

CAPÍTULO 24
VIAGEM PARA THOOR-DA 103

CAPÍTULO 25
CHEGADA A EL TAKYR..105

CAPÍTULO 26
YTHERON ENCOBRE A FUGA...108

CAPÍTULO 27
KONATH NO PALÁCIO IMPERIAL...110

CAPÍTULO 28
CONQUISTANDO LAHRYN..118

CAPÍTULO 29
A DESCOBERTA DA TRAMA..121

CAPÍTULO 30
L'ATHOS DEVASTADO...125

CAPÍTULO 31
O AMANTE REAL...127

CAPÍTULO 32
EGHANAK RECEBE A NOTÍCIA...129

CAPÍTULO 33
OS TRAIDORES COMEMORAM...132

CAPÍTULO 34
SEDUZINDO A IMPERATRIZ...134

CAPÍTULO 35
KONATH TUTOR DE LAHRYN..138

CAPÍTULO 36
O CIÚME DE NANYRAAH..141

CAPÍTULO 37
ATENTADO CONTRA TYRKO...146

CAPÍTULO 38
O DESCASO DO IMPERADOR 150

CAPÍTULO 39
EXÍLIO 153

CAPÍTULO 40
TYRKO E OS MESTRES 156

CAPÍTULO 41
A DECISÃO 160

CAPÍTULO 42
TENSÃO E REVOLTA 162

CAPÍTULO 43
A VINGANÇA 164

CAPÍTULO 44
O AVISO DA SENHORA 168

EPÍLOGO
EXÍLIO E DESTINO 174

INTRODUÇÃO

No decurso do século XXI da Terra, o planeta passou por sensíveis transformações. Como consequência das constantes agressões do homem à natureza. O degelo das calotas polares e as inundações que se sucederam, além do excesso de poluição ambiental, provocaram mutações genéticas importantes, que levaram à extinção a maioria das espécies de seres vivos do planeta, inclusive os vegetais.

Forças magnéticas emanadas do centro da Terra acarretaram uma mudança de inclinação no eixo do planeta e a desaceleração do seu movimento de translação em torno do Sol. Esse fenômeno provocou mudanças radicais ao longo dos anos que influenciaram os períodos de plantio e colheita em todo o globo.

A contagem do tempo teve de ser modificada e adaptada à nova realidade do planeta.

As estações do ano, que antes eram quatro, também sofreram mudanças.

Até meados do século XXI, no planeta Terra, os ciclos caracterizados especialmente pelas mudanças climáticas eram conhecidos como primavera, verão, outono e inverno. Essas quatro estações, com suas características peculiares, ocorriam por conta da inclinação do eixo da Terra juntamente aos seus movimentos de rotação e translação em relação ao Sol, ao longo dos 365 dias do ano.

Porém, a partir do ano 2061, após quase um século de pesquisas, cientistas de todos os países se reuniram em um congresso mundial para discutir o realinhamento e a duração das estações do ano.

As modificações ocorridas nos seres humanos e em todo ecossistema que resistiu às mudanças ficavam cada vez mais evidentes. O vegetarianismo era a nova forma de alimentação, mas o solo da Terra estava se exaurindo. Aos poucos, os animais que resistiram às mudanças foram extintos. Os CCA (Centros de Cultura de Alimentos), espalhados pela Terra, não davam conta da demanda global, e foi necessária a instauração da Lei dos dois filhos, sendo a mulher esterilizada ao dar à luz o segundo filho.

Porém, o mais incrível aconteceu no ano de 2070. Um fenômeno muito estranho assolou o planeta. Começaram a surgir em todos os cantos do planeta Terra ventos em forma de ciclone, com uma velocidade e tamanho que não só causavam danos materiais, mas arrancavam as árvores restantes levando-as para a camada mais alta da atmosfera. Em certas regiões do planeta, esses ciclones eram fixos e constantes, deixando os humanos sobreviventes sem meios de subsistência.

Na nova atmosfera, as árvores ficavam flutuando constantemente, e lá cresciam e se desenvolviam, sem que os cientistas pudessem explicar esse fenômeno.

Foi então que os O'Lahres, alienígenas que há milênios chegaram ao planeta Terra em busca de um novo lar, se revelaram aos humanos.

Eles tinham um peso corporal bem reduzido em relação aos terráqueos, pois a gravidade em seu planeta natal, Katyyr, era bem diferente. Esse povo era bem alto, com mãos alongadas e dedos mais finos. Comunicavam-se exclusivamente por meio de telepatia e seus corpos estavam evoluindo para se tornarem apenas energia. Por isso, eles tinham de encontrar rapidamente, uma maneira de retornarem a corpos físicos densos, ou sua raça desapareceria. Para eles, o "Projeto Konath", seria a solução.

Os O'Lahres eram especialistas em cultivo de alimentos em grandes altitudes atmosféricas, cultivando frutas e vegetais para os habitantes de Ehh-Katyyr (a Nova Katyyr), a 15 quilômetros de altitude, na porção mais alta da troposfera, ao longo da linha do equador.

Os O'Lahres também se alimentavam de frutos e algumas plantas medicinais que cultivavam em níveis mais altos da troposfera.

Por meio de entendimentos, passaram a fornecer o volume de alimentos necessário à subsistência da raça humana, e quando chegava o período da Quinta Estação, o excedente de sua produção era trocado com os terráqueos, por crianças escolhidas. Mas essa é só uma parte da história.

Capítulo 1

A conversa dos mestres

A metade de um amigo é a metade de um traidor.

(Victor Hugo)

Continente Artificial de Ehh-Katyyr — Império do Dragão Vermelho — Ano 2085 da Terra.

A luz tênue do primeiro sol de Ehh-Katyyr atravessava a cortina azul de seda e inundava o chão do quarto de Thuad, o chefe da guarda real de Nay-Hak, chegando até ao pé da cama onde os amantes haviam passado a noite se enroscando em um balé de movimentos sensuais.

Antes do amanhecer, Konath Og L'Athos, filho e herdeiro do Imperador L'Athos, soberano de Nay-Hak, vestiu o seu jabador[1] de seda preta com bordados dourados e suas alpargatas[2] de couro preto e saiu silenciosamente do quarto de Thuad, para voltar aos seus aposentos, localizados no corredor principal da ala sul do palácio.

Quando o dia amanheceu e os raios do primeiro sol de Ehh-Katyyr já iluminavam o pátio principal do palácio real, o príncipe Konath ainda dormia profundamente, em seu quarto.

Em todo o palácio, a movimentação dos ancillos[3] começava cedo com a preparação do desjejum, que era servido no salão principal de refeições, pontualmente às nove horas, quando nascia o segundo sol de Ehh-Katyyr.

---

[1] Jabador — tipo de vestimenta masculina que consiste de uma túnica que pode ser longa ou curta e uma calça comprida.

[2] Alpargatas — espécie de calçado.

[3] Ancillos — servos ou escravos.

Na noite anterior, brilhavam mais intensamente no céu de Ehh-Katyyr os boulos[4] do Enábulo[5] do Equilíbrio que pairavam no infinito, acima da montanha Exa Haltung[6]. Era 10 de outubro de 2085, o primeiro dia de regência daquele Enábulo e o dia que começava a Quinta Estação. Nesse período, havia comemorações em todo o continente de Ehh-Katyyr, pois era época de colheita, e as festas aconteciam em todos os reinos e santuários. Para os ehh-katyyrianos, era o momento de agradecer a boa colheita e os pedidos atendidos pelos "Provedores[7]". Os nove templos das montanhas sagradas estavam em plena atividade, preparando-se para receber o povo. Além disso, havia também peregrinações aos três Oráculos, localizados nas ilhas Setta, Le-Oh e Sagtus, para onde muitos levavam suas oferendas buscando agradecer toda sorte de pedidos e desejos realizados no ano anterior.

O mercado de ancillos de Gophal era previamente preparado para receber os terráqueos que chegavam à Ilha Nan-Adoh, pelo Portal de Zyth--An[8], oriundos de abduções feitas na Terra, durante o período da Quinta Estação. Os terráqueos adultos, abduzidos durante esse período, serviriam como ancillos nos palácios e nas casas da sociedade burguesa de Ehh-Katyyr.

Em meio a toda essa preparação festiva, os Mestres Ganyyr e Ko-ryhor caminhavam nos jardins do Palácio Real de Nay-Hak, tramando um plano ardiloso.

– Já está tudo pronto para a viagem, Ganyyr?

– Sim, Ko-ryhor. Tudo foi planejado de acordo com as ordens do Imperador L'Athos. A escolta do príncipe Konath deve sair em dois dias. A viagem até o Palácio Ko-Uruth dura cerca de uma semana. O casamento real deveria ser celebrado dentro de 15 dias, após a chegada do Príncipe, o que não acontecerá.

– Houve uma mudança de planos então? — perguntou Ko-ryhor curioso.

– Sim — respondeu Ganyyr. – Achei melhor aproveitar a época de festas para executar nosso plano longe do palácio real de Nay-Hak. Os mercenários que contratei terão mais facilidade de dominar os guardas da

---

[4] Boulos — esferas de energia que iluminavam o céu de Ehh-Katyyr à noite.

[5] Enábulo — espécie de constelação artificial, composta por nove boulos. São nove constelações no total, e cada uma delas corresponde a uma montanha de Ehh-Katyyr onde se localizam os Templos dos Enábulos.

[6] Exa Haltung — montanha correspondente ao 6.º Enábulo, o do Equilíbrio, localizada nas terras do Império do Dragão Vermelho.

[7] Provedores — anciãos de O'Lahr aos quais os ehh-katyyrianos atribuíam qualidades de Deuses.

[8] Portal de Zyth-An — portal de comunicação entre a Terra e Ehh-Katyyr, mais conhecido na Terra como o Triângulo das Bermudas.

escolta que estarão em menor número e mais vulneráveis. Além disso, levará mais tempo para que a notícia do desaparecimento do príncipe seja notada.

– E quanto ao príncipe? O que será feito? — quis saber Ko-ryhor.

– O destino dele já está selado — respondeu Ganyyr. — Não o acompanharei na viagem sob o pretexto de compromissos com a preparação das festas no templo Epta Balance. Já o informei que o encontraria no Palácio Real, em Ko-Uruth no dia do casamento. Hoje, depois da primeira refeição, vou conversar com ele sob o pretexto de reforçar os objetivos do projeto, para não despertar suspeitas — concluiu.

– O projeto dos Anciãos de fazer nascer um híbrido natural, de corpo denso, com as características intelectuais O'Lahrianas, que poderá transitar entre os Dois Mundos, é delicado e arriscado demais — lembrou Ko-ryhor. — Teremos de acompanhar de perto o crescimento da criança que será gerada. Precisaremos nos certificar de que a experiência vai ser um sucesso, para nós — disse Ko-ryhor, com ar maligno.

– Exatamente! Assim como o príncipe Konath, o nosso escolhido, príncipe Lahryn também tem a combinação genética ideal. E, nascendo no reino do Dragão Branco, como filha do príncipe Lahryn, a criança vai poder ser monitorada de perto por nós. A futura imperatriz será nosso veículo de dominação total dos reinos de Ehh-Katyyr.

– Quando for confirmado pelos mercenários o sucesso de nosso plano, você retornará ao Palácio Ko-Uruth. Fique atento à reação do Imperador do Dragão Preto, Eghanak e me informe de tudo — disse Ko-ryhor com autoridade.

– E quanto ao Imperador do Dragão Branco? – questionou Ganyyr.

– O que tem o Imperador Tyrko? — rebateu Ko-ryhor.

– Ele sabe do real plano por trás do casamento de seu filho, o príncipe Lahryn, com a princesa Daryneh?

– Não há razão para que o Imperador Tyrko deva saber dos nossos planos neste momento. Ele saberá, quando nos for útil — afirmou Ko-ryhor, friamente. — Por enquanto, vamos deixar que ele pense que o nosso plano é de elevá-lo à condição de Imperador de toda a Ehh-Katyyr. Seu ego o manterá cego aos nossos reais objetivos. Quando chegar a hora, ele vai casar o príncipe Lahryn com a princesa Daryneh, de olho no império do Dragão Preto. Tyrko só pensa no poder — disse o ardiloso Ko-ryhor.

– Quanto ao projeto de retorno dos O'Lahrianos, acho que deveria ser aperfeiçoado em relação à densidade corporal já definida. Posso afirmar que o corpo humano condiciona certas emoções que seriam interessantes manter, concorda? — argumentou Ganyyr.

– Sua observação será levada em consideração, mas não acho que caberá. As emoções humanas não são nossa prioridade. Em nosso próximo contato com os Guardiões aliados, debateremos com mais dados esse assunto — disse o mestre Ko-ryhor.

– Perfeito! Nos veremos em pouco mais de uma semana — afirmou Ganyyr. — Com a chegada da Quinta Estação, estarei reunido com os outros Mestres em En-Ahab, tratando de assuntos relativos à "colheita" deste ano. Estamos avançando muito nas pesquisas genéticas com os terráqueos. Vou aproveitar o encontro para falar com o Mestre Donytho, nosso aliado em Thoor-Da. Vou avisá-lo de que o plano segue de acordo com o combinado e que ele deve começar a preparação do Príncipe Lahryn para o casamento com a princesa Daryneh, assim que ele completar a maioridade.

Capítulo 2

Sobre o casamento

O casamento é uma surpresa esperada.

(Proxxx)

— Pode entrar, mãe! — disse o príncipe Konath esboçando um sorriso, antes de se virar para a imperatriz.

— Você não deixa de me surpreender — disse a imperatriz D'aarytha. — Desta vez eu não fiz qualquer barulho. Tirei os sapatos e suspendi a barra da túnica. E mesmo assim você sabia que era eu entrando em seu quarto.

— Seu perfume a precede, minha mãe. Por isso, sempre sei quando a senhora se aproxima — revelou o príncipe, mantendo o sorriso.

— Konath, você tem certeza de que quer fazer isso? — perguntou D'aarytha franzindo a testa com preocupação.

— Isso o quê, mãe? — perguntou o príncipe.

— Você sabe. Casar-se com sua prima, Daryneh.

— E por que eu não iria querer me casar com a moça que o meu pai escolheu para mim? — perguntou Konath, cinicamente.

— Porque todos os homens querem saber, ao menos, se sua futura esposa não é um filhote de dragões em forma humana — concluiu a imperatriz em tom de preocupação. — Você não vê sua prima desde que eram crianças.

— Eu sempre gostei dos dragões. Criaturas muito interessantes e inteligentes — disse Konath em tom de sarcasmo. — Além disso, lembro-me de minha prima ser uma menina normal, em nada parecida com um dragão.

— Às vezes eu acho que se eu conviver mais um dia com você vou enlouquecer. Eu simplesmente não o entendo — falou a Imperatriz, preocupada. — Você parece não se preocupar, nem se abalar com nada.

– Mãe, a senhora acha mesmo que eu já não me informei sobre a Daryneh? A princesa não é a maior das beldades, mas também não é um filhote de dragão. Veja você mesma — retrucou o príncipe mostrando uma pintura que retratava sua futura mulher.

Daryneh era uma linda jovem de 19 anos, de pele morena, lábios bem definidos, cabelos negros e grossos, olhos amendoados levemente puxados para cima nos cantos como os de um lince.

– Como você teve acesso a este retrato? — perguntou D'aarytha, surpresa.

– Quando se é o herdeiro de um império, a curiosidade sobre as princesas herdeiras de outros impérios produz milagres. Viu como não sou tão estranho quanto pareço? — explicou Konath, com olhar malicioso.

– Pode ser — disse a imperatriz se mostrando pouco convencida com o discurso do filho.

Nesse momento o Imperador L'Athos entra no quarto de Konath abrindo a pesada porta de madeira com incrustações em metal dourado, e vai logo perguntando:

– E então, filho? Tudo preparado para a viagem?

– Não só para a viagem, meu pai, para meu casamento também. Exatamente como o senhor queria — tranquilizou-o, Konath. — Em mais um ano o senhor será o avô do próximo Imperador ou imperatriz do Dragão Preto — disse Konath enquanto acabava de se vestir.

– É lógico que sim! Daryneh foi um presente dos Provedores. Assim que eu soube que a mãe dela tinha morrido no parto, tive certeza de que o meu sangue iria se sentar no trono de Ko-Uruth novamente. Afinal, a minha família descende dos Dragões Pretos. Meu primo, o Imperador Eghanak, sabe disso. Tanto que concordou imediatamente com o casamento da sua herdeira com o meu filho. Mulheres não podem reinar. Eghanak sabe que você é o homem certo para ocupar o trono. Tem o sangue forte de nossa família que vai perpetuar nossa linhagem real.

– Eu admiro a sua confiança, pai. Mas não há garantia de que ela possa gerar um filho homem. A mãe dela, a Imperatriz Theyth, morreu ao dar à luz, logo na primeira gravidez — observou o príncipe.

– Isso se resolve, Konath. Se ela tiver o mesmo fim da mãe eu já tenho um plano de contingência — respondeu o Imperador L'Athos.

– E o senhor não vai me dizer qual é? — quis saber Konath.

— Não, filho. Você tem outras preocupações agora. Procure desfrutar esta noite. Será a sua última noite de solteiro. Seu sogro não vai fazer o mesmo por você — afirmou L'Athos com um sorriso cínico.

L'Athos fez um sinal para seu ancillo pessoal e ele mandou entrar K'thee, uma linda ancilla terráquea cedida pela casa de Thuad, o chefe da guarda, para a despedida de solteiro de Konath.

— Esta é a ancilla que eu escolhi para lhe servir esta noite. Estará à sua disposição para satisfazê-lo — disse o Imperador, apresentando a ancilla, constrangida. — Aproveite bem, meu filho!

— Aproveitarei, meu pai. Aproveitarei.

Capítulo 3

Conversa com Thuad

A amizade é, acima de tudo, certeza — é isso que a distingue do amor.

(Marguerite Yourcenar)

Assim que o dia amanheceu, a escolta de Konath estava pronta para partir, liderada pelo capitão da guarda Thuad. Os guardas estavam formados no exuberante Pátio das Armas do Palácio de Nay-Hak, que tinha o chão todo em blocos de granito. O pátio era semicircundado por uma aleia de arcos de cinco metros de altura, encimada por um passadiço, de onde as sentinelas tinham uma visão privilegiada do lado oeste, onde ficava a estrada Pyr, que dava acesso à entrada do palácio.

A localização estratégica no alto de um platô a 350 metros de altura proporcionava uma vista fantástica pela amurada oeste, dos portos de Pyr e de Patha, a uma distância de aproximadamente 35 quilômetros. Ao longe, nas proximidades da Lagoa Vermelha, a cúpula dourada do Castelo N'Zten brilhava intensamente, refletindo a luz dos três sóis de Ehh-Katyyr, a caminho do crepúsculo.

Do terraço do jardim leste, adornado com esculturas em mármore branco, os lindos arbustos de cheiro e as flores provenientes da floresta próxima à Lagoa Vermelha, preparavam os olhos para vislumbrar a magnífica vista da Floresta Dolph-Yrd, onde se encontravam localizados os Templos dos Enábulos, com suas cúpulas reluzentes, cada uma de um formato.

A parte central do palácio, construído com blocos de granito retangular, tinha duas torres paralelas com domo dourado encimadas com bandeiras que representavam o brasão de armas e a bandeira do Império do Dragão Vermelho. Pelo lado de fora, o topo das paredes da muralha que circundava todo o palácio era encimado por esculturas de pedra preta polida, representando imponentes gárgulas de efígies assustadoras.

Konath apareceu na porta principal do palácio, paramentado com seu traje de viagem, feito de couro e adornado com rebites de metal dourado, símbolo da realeza. Estava acompanhado de seus pais, dos quais se despediu carinhosamente, antes de subir em seu cavalo.

– Cuide-se bem, meu filho. Sua mãe e eu partiremos em duas semanas para participar da cerimônia de seu casamento. Faça boa viagem!

– Obrigado, meu Pai. E minha irmã estará presente? — perguntou Konath, com certa ansiedade.

– Já mandei um mensageiro até o templo Epta Balance para avisar Yven. Se ela não estiver ocupada com os votos, voltará com a escolta do mensageiro e se juntará a nós na viagem até Ko-Uruth — explicou a imperatriz.

– Ficarei feliz em revê-la, minha mãe. Já faz muito tempo desde que ela se recolheu ao templo. Tenho saudade de Yven — disse Konath.

– Meu querido, cuide-se bem. Já estou com saudades — disse a imperatriz D'aarytha abraçando seu filho.

– Prometo visitá-la sempre que possível, minha mãe. Até breve — despediu-se, beijando as mãos de sua mãe.

Em seguida, montando em seu cavalo, Konath partiu rumo a seu destino, atravessando os portões à frente da escolta, com Thuad ao seu lado.

– Alteza.

– Deixe de besteiras, Thuad. Você sabe muito bem que não precisa me chamar assim quando estamos sozinhos — repreendeu-o, Konath.

– Eu sei. Como você já disse várias vezes, os títulos só afastam as pessoas — lembrou Thuad.

– Exatamente! E parece que você quer se afastar de mim agora. Eu posso saber o motivo? — perguntou o Príncipe.

– Desculpe-me, Konath. É que com a sua saída do palácio, os boatos...

– Ah, pelo amor dos Provedores, Thuad. A minha vida inteira eu tive de conviver com esses boatos. E você, que viveu como meu irmão este tempo todo, nunca se importou com eles. Muito pelo contrário. Você sempre ria quando alguém o procurava para dizer que achava que eu era algum demônio, que tinha visto o meu corpo andando sozinho sem alma, qual é a novidade, agora?

– A moça com quem você passou a noite — disse Thuad.

– O que tem ela? Eu nem me lembro do nome dela — disse Konath, visivelmente irritado.

– O nome dela é K'thee. Ela é criada da minha irmã. Estava cedida à sua mãe para a festa de despedida.

– Se você gosta dessa criada, Thuad, deveria ter me avisado antes — falou Konath, imaginando que esse fosse o motivo da conversa.

– Não, Konath. Não é isso. Ela chegou muito assustada e foi procurar a minha mãe. E ela lhe contou uma coisa muito estranha. Disse-lhe que enquanto você a penetrava, ela teve a impressão de que fazia amor com um corpo vazio.

– Com um animal? Um macho selvagem? — perguntou Konath.

– Não. Com um demônio íncubo — revelou, Thuad.

– De novo essa história de demônio. Você quer voltar daqui, Thuad? Qualquer um dos seus subordinados iria considerar uma honra me escoltar até o Palácio Real Ko-Uruth — inquiriu raivoso, o Príncipe.

– Não, Konath. Eu amo você como a um irmão e até mais do que isso, você sabe — afirmou Thuad. É que eu não sei o que você fez, mas assustou a moça. Ela disse que você estava ausente e que fazia sexo com ela sem emoção alguma.

– Thuad, eu não sou um fantasma, íncubo, demônio ou qualquer outra coisa além de um ser humano de carne e osso. E eu também amo você como a um irmão. Além disso, nós sabemos que o amor entre duas pessoas tem de gerar confiança. Tem de ter afeto. Ou então, deixa de ser amor. Essa moça não me interessa. É apenas uma ancilla, que estava ali para me servir. O que ela queria? Romance? Vou me casar com uma princesa. Não tenho de demonstrar afeto por ela. Você sabe que meu sexo é quente e forte, mas só quando há afeto, como entre mim e você, por exemplo.

– Sim. É verdade. Vamos esquecer esta história.

A escolta seguiu viagem tranquilamente, por dois dias, pela estrada que margeia a floresta Dolph-Yrd. Ao fim do primeiro dia, acamparam na beira da floresta seguindo viagem logo na manhã seguinte até chegar próximo à fronteira com as Terras do Dragão Preto, às margens do Rio Kos. Sem notar que estavam sendo seguidos, Konath ordenou:

– Vamos acampar aqui esta noite. Amanhã atravessaremos o Rio Kos. Devemos evitar passar pelas cavernas Y'Hody durante a hora negra[9] e os homens têm de estar muito atentos a possíveis ataques do povo do Mundo

---

[9] Hora Negra — período compreendido entre 6h01 e 7h01, em que a escuridão era total e o povo do Mundo Inferior emergia de sua morada nas cavernas para caçarem seu alimento na Floresta Dolfh-Yrd.

Inferior. São seres violentos e de pouca racionalidade, em sua maioria. Por isso foram isolados pelos Provedores no Mundo Inferior. Há casos de pessoas desaparecidas durante a hora negra, que nunca mais foram vistas.

— Está com medo de lendas, Konath? — perguntou Thuad, em tom de deboche.

— Não é lenda, meu amigo — falou Konath, em tom sério. — Acredite, não é lenda.

Capítulo 4

A emboscada

Das grandes traições iniciam-se as grandes renovações.

Vassili Rozanov

(O Avesso das Coisas. Aforismos. 2. ed. Editora Record, 1990)

Konath acampou com sua escolta próximo ao rio Kós, sem se dar conta de que estavam sendo observados de perto pelos guerreiros mercenários contratados por Ganyyr. Durante a noite, enquanto o príncipe e seus guardas descansavam, os assassinos de aluguel se posicionavam próximo às margens do rio Kós, preparando uma emboscada.

Quando o dia amanheceu, tudo parecia correr bem enquanto os homens se preparavam para levantar acampamento.

– *Ba yo*[10], Konath.

– *Ba yo*, Thuad. Reúna os homens — ordenou, Konath. — Partiremos imediatamente.

– Agora mesmo, Konath — Thuad respondeu.

A escolta seguia em tranquilidade pelo caminho que margeava a floresta de Dolfh-Yrd, em direção ao ponto de travessia do rio Kós, quando subitamente, um exército de guerreiros mercenários se lançou sobre eles, atacando e matando impiedosamente os guardas da escolta de Konath. Em meio à luta, Thuad foi mortalmente ferido por Zanthor, o líder dos mercenários. Percebendo que estava em desvantagem e buscando poupar a vida de seus homens, ainda vivos, Konath deu a ordem de rendição a seus soldados.

– Parem! Nós nos rendemos! — gritou o príncipe, arriando sua espada e colocando-a no chão.

---

[10] Ba yo — bom dia, no idioma Drakonês.

E percebendo que seu amigo Thuad estava ferido e agonizando, o príncipe correu até Thuad, em desespero, para socorrê-lo.

— Thuad! Meu amigo, Thuad! Você vai ficar bem — disse Konath, na tentativa de amparar seu moribundo amigo.

— Konath, eu...

— Não fale nada, Thuad. Poupe suas forças — disse Konath. — Tudo vai ficar bem.

— Não. Não vai — rosnou Zanthor, desferindo com a espada um golpe fatal no peito de Thuad, que tencionou o corpo todo em um último suspiro de agonia, e morreu.

Em seguida, o mercenário empurrou Konath com seu pé e o agarrou pelo pescoço imobilizando-o.

— Tenha calma, senhor. Não há necessidade de mais violência — falou Konath com a voz engasgada. — Tenho certeza de que meu pai pagará um bom resgate por mim e...

— Cale-se! — gritou o grosseiro Zanthor, desferindo uma bofetada em Konath. — Resgate? Duvido que o seu pai possa pagar um resgate maior do que eu vou ganhar com você no mercado de ancillos — disse o líder dos mercenários, sem dar atenção à fala do Príncipe.

— Meu pai é o Imperador...

— Já disse para se calar! — gritou Zanthor dando uma bofetada mais violenta no rosto de Konath, que caiu, com o impacto. Seu pai só poderia cobrir o seu preço no mercado se fosse mesmo um Imperador — disse Zanthor, rindo alto e duvidando do rapaz.

— Mas é verdade. Estou a caminho do meu casamento... — Insistiu Konath, tentando em vão explicar sua origem real.

— Você não vai mais se casar com ninguém, rapaz — disse o desprezível mercenário apertando fortemente o rosto de Konath com as mãos imundas, enquanto o encarava. — Terá sorte se algum senhor ou senhora se encantar com você no Mercado de Ancillos, o que não vai ser difícil. Se você souber ser esperto, a vida vai te dar mais luxo que o Palácio do Dragão Vermelho, onde vive a realeza.

— Mas, senhor...

— Calado! — gritou Zanthor desferindo outra bofetada em Konath. — Levem-no para junto dos outros e amarrem todos. Enterrem os mortos na floresta! — ordenou a dois subordinados. — Não queremos deixar vestígios.

Seguiremos em direção ao Porto de Crytyh, onde meu amigo Enonn me aguarda ansioso pelas mercadorias que tenho — disse Zanthor, com firmeza.

Após limparem a cena de batalha, os mercenários seguiram viagem com seus cativos em direção ao Lago Negro, onde chegaram ao final do dia, e acamparam. E lá chegando, Zanthor deu ordens a Kamek, seu ancillo pessoal:

– Leve este para minha tenda! Vou mostrar a ele como será a sua vida daqui em diante — ordenou o mercador, apontando para Konath.

Kamek arrastou o Príncipe para a tenda do senhor dos guerreiros mercenários, onde mais tarde foi impiedosamente sodomizado por Zanthor.

– Ahhhh! — gritava Konath, enquanto era brutalmente seviciado.

– Está gostando de ser minha vadia? Hein? — provocava o repugnante mercenário, enquanto penetrava Konath, que com as mãos amarradas, pouco podia fazer para evitar ser penetrado.

– Por favor, pare! Ahhhh! — suplicava Konath, sentindo uma dor lacerante em seu reto.

Arfando em cima do príncipe, enquanto o penetrava fortemente, Zanthor sentiu que ia gozar e intensificou os movimentos de penetração, sem piedade, até que inundou o submisso Príncipe, agora cativo, com seu esperma, experimentando uma sensação de choque de gozo que sacudiu todo o seu corpo.

Konath jazia em estado de choque, deitado de bruços no chão da barraca de Zanthor, que era coberto com algumas peles de búfalo. Saciado, Zanthor empurrou-o para o lado, com desprezo.

– Entendeu agora o que você é? Nada! — gritou o imundo estuprador, sem demonstrar afeto.

Desolado e sentindo-se abandonado pelos Provedores, Konath entregou-se à dor física e da alma, permanecendo imóvel, enquanto assistia seu algoz se vestir.

– Vista-se, meu "príncipe"! — debochou Zanthor, jogando uma veste de ancillo em cima de Konath. — É hora de enfrentar seu destino. Em breve você estará em um novo castelo, mas como um ancillo — escarneceu Zanthor com uma gargalhada estridente e sarcástica – Kamek! — gritou o asqueroso homem para seu subalterno. – Leve-o de volta para junto da ralé à qual ele agora pertence. Ele já aprendeu que é só mais um ancillo, seu destino é servir. Mas não estrague a mercadoria. Pretendo conseguir um bom preço por ele — completou o horrendo Zanthor.

Konath então foi levado de volta para junto dos outros cativos e acorrentado, permanecendo calado e envergonhado perante os guardas de sua escolta que sobreviveram e outros cativos que, assim como ele, seriam vendidos como ancillos. Todos sabiam exatamente o que havia se passado com ele na tenda do chefe dos mercenários. Assim como Konath, todos estavam apavorados. Desolado e sentindo-se sujo e abandonado, entregou-se ao cansaço e à dor. Adormeceu no chão coberto de folhas secas, olhando para o céu, por entre as folhagens das árvores da floresta à beira do lago Negro.

Capítulo 5

O Mercador de Ancillos

Nos negócios só existem clientes, nunca amigos.

(Alexandre Dumas)

No dia seguinte, a caravana dos mercenários seguiu viagem até o Porto de Crytyh, na Baía Jatta, onde Enonn, o mercador de escravos amigo de Zanthor o esperava. Já era quase noite e o negociante estava impaciente.

O porto estava com pouco movimento àquela hora. Apenas um navio ainda estava sendo carregado com mercadorias, antes de seguir viagem. Ao lado da prancha de acesso ao navio, Enonn conversava com um outro mercador de escravos, que conferia os ancillos que estavam embarcando para o leilão que aconteceria em alguns dias, no mercado de O'Huk.

– Enonn, o maior mercador de ancillos de Gophal! — falou Zanthor com sua voz grossa e estridente.

– Zanthor! Seu filho de uma gárgula desdentada. Pensei que você não me traria nada hoje. O que tem para mim?

– Demorei a chegar, mas trouxe mercadoria de primeira! Veja só essas duas ancillas. E estes aqui — disse Zanthor apontando para os dois soldados sobreviventes da escolta de Konath. — Darão bons trabalhadores de força ou até mesmo gladiadores para sua diversão — sugeriu Zanthor, buscando valorizar sua mercadoria.

– Não vi nada que valesse mais que dez drakons.

– Veja este aqui. Mercadoria de primeira. Eu mesmo o preparei especialmente para você. Se é que você me entende — falou Zanthor com sua risada sarcástica, enquanto segurava Konath pelo pescoço levantando sua cabeça para que Enonn o visse.

– Hummmm!

– Agrada-lhe? Hum? Hum? Não é um verdadeiro "príncipe"? — perguntou Zanthor, com sua risada sarcástica.

– Na verdade o rapaz tem muito boa figura e boa constituição — admitiu Enonn. — Pele macia.

– Senhor, por favor...

– Calado! — gritou Zanthor, calando Konath com uma bofetada.

– Ei! Desta forma você estraga a mercadoria! — interferiu Enonn.

– Quero cem drakons nesse "príncipe"! — disse Zanthor com atitude decidida.

– Pago cinquenta — contrapropôs Enonn.

– Que tal oitenta? Posso afirmar que ele vale a pena — disse o perverso Zanthor, sorrindo maldosamente enquanto fazia um gesto obsceno denotando o que havia feito com Konath.

– Fechamos em sessenta drakons. É minha oferta final — disse Enonn, decisivo.

– Maldito filho da mãe. É seu! — afirmou Zanthor, fechando negócio. — Vamos beber ao nosso negócio.

– Egtar! Egtar! — gritou Enonn para seu capataz.

– Sim, meu senhor.

– Leve estes ancillos para junto dos outros e os prepare para a viagem. Temos um longo caminho até o mercado de O'Huk.

– Sim, senhor Enonn — respondeu Egtar.

– Me sigam! — falou Egtar. — Vamos, rapaz — chamou Egtar, pegando Konath pelo braço e conduzindo-o até onde estavam os outros escravizados.

Naquela noite, Enonn seguiu com sua caravana de ancillos pela estrada do Vale Kahl, em direção ao mercado de ancillos de O'Huk, localizado às margens da Baía Negra, onde os cativos seriam negociados em leilão público. Preferia a estrada ao transporte por navios, pois o preço pago pelo transporte de cada cativo de navio encarecia sua mercadoria e diminuía seus lucros.

A estrada do Vale Kahl era margeada por árvores frondosas cheias de folhas em tons amarelo avermelhadas, por entre as quais soprava uma brisa constante e agradável. Ao final de cada dia, a caravana de ancillos parava próximo a algum córrego para se alimentarem e descansarem até o dia seguinte. Com exceção de Enonn, o mercador, que dormia em sua tenda, todos dormiam ao relento, sob as copas das árvores.

Após três dias de viagem a caravana chegou à entrada da cidade de O'Huk. Assim que entraram na Ágora – praça central do comércio –, onde o movimento de vai e vem era intenso, o mercador comentou:

– Em mais um dia o mercado de O'Huk estará lotado de burgueses de todas as partes do Império do Dragão Preto, Egtar. Todos em busca de novos ancillos para servi-los de todas as maneiras. E a julgar pelo movimento, pressinto que vou encher os bolsos de dinheiro com as mercadorias que comprei de Zanthor.

– É verdade, meu senhor.

– Prepare os ancillos, Egtar. Quero todos bem alimentados e com vestes limpas. Isso vai impressionar melhor os compradores e valorizará as mercadorias.

Capítulo 6

A preparação do casamento

Na plenitude da felicidade, cada dia é uma vida inteira.

(Johann Goethe)

No Palácio Ko-Uruth, império do Dragão Preto, alheia aos acontecimentos que vitimaram o seu noivo, a princesa Daryneh seguia excitada com a preparação da festa de seu casamento, aguardando ansiosa a chegada de Konath.

Erguido sobre um conjunto de rochas semiescarpadas, localizadas em meio a uma planície, o palácio Ko-Uruth possuía uma rampa de entrada que dava acesso ao pátio principal, alcançada após percorrer um caminho de subida muito longo e íngreme, pelas encostas da montanha. Em certos trechos da muralha que circundava a imponente construção, uma passagem através da rocha encimada por uma guarita de onde as sentinelas controlavam o acesso, era uma das formas de segurança do palácio. A comunicação dos postos das sentinelas se dava por caminhos escavados no interior da montanha de pedra. Ao acessar o pátio, após atravessar o portão principal do palácio, vislumbrava-se a parte principal da edificação, que era composta por duas alas paralelas, encimadas por um domo dourado e divididas pelo portal em arco abobadado, onde jazia o brasão de armas do Império do Dragão Preto. A escadaria frontal, majestosamente adornada nas laterais por estátuas de ninfas e guerreiros, era feita de pedra basáltica preta, retirada das pedreiras do norte. Atravessando o portal, chegava-se ao saguão de entrada, majestosamente decorado com peças fabricadas pelos mais habilidosos artesãos do império. Na parte posterior do palácio havia um grande pátio verde, onde uma magnífica fonte de basalto colunar polido mostrava figuras de seres exóticos que, segundo as lendas, habitavam as águas do Lago Negro, localizado aos pés da planície.

Os jardins, esmeradamente planejados, se estendiam até as amuradas terminadas em rampa, proporcionando uma belíssima vista interior reconfortante para os olhos. As nove torres de vigia, pontualmente localizadas ao longo da muralha externa, comunicavam-se por meio de passadiços de madeira adornados com o brasão de armas do império.

No salão da fonte, ricamente decorado, com vista total para o pátio verde e usualmente utilizado para as recepções do palácio, a princesa Daryneh e o Imperador Eghanak conversavam a respeito do casamento.

– Estou pensando em adornar o salão com flores brancas e amarelas. Quero tudo bem claro e iluminado. O que acha, meu pai?

– Ficará magnífico, minha filha. Tudo deve ficar ao seu gosto. Será um dos dias mais importantes de sua vida e muito significativo para o império — respondeu Eghanak, sem muita empolgação.

– O senhor parece preocupado, meu pai. Algum problema? — perguntou Daryneh.

– Nenhum problema, querida. Quero aproveitar que estamos a sós para conversar com você a respeito do casamento. Gostaria que sua mãe tivesse esta conversa com você, como seria o costume, mas... — suspirou o Imperador, interrompendo sua fala.

– Pode falar, papai. Conheço minha mãe por meio das palavras de Thury, e sei que ela estará presente em nossa conversa. Ouvirei com atenção, como se ela mesma estivesse falando — tranquilizou-o.

– Theyth era uma mulher muito forte e sábia. Descendia da nobreza Lo-Gres. Guerreira de olhar firme. Tinha lindos cabelos negros, como os seus, e quando lutava parecia mover-se como o vento, graciosa como uma corsa e ao mesmo tempo implacável. Apaixonei-me por ela no primeiro dia em que a vi, quando recebia instruções de esgrima de Thury, sua companheira, aqui na arena de treinamento do palácio. Achava que seria impossível nosso amor, pois é incomum às guerreiras Lo-Gres, o casamento com homens. Assim como você, a natureza a encantava. Percebi que a doçura e a beleza a cativava e busquei na poesia das flores o caminho para seu coração — relatou o Imperador, saudoso.

– Que lindo, meu pai! — exclamou Daryneh.

– Nós fomos muito felizes e grande parte de nossa felicidade foi cultivada pelas sábias atitudes de sua mãe, como esposa de um Imperador. É disso que quero lhe falar.

Eghanak tomou a mão de Daryneh e a conduziu até a varanda do salão, que dava para um imenso jardim de flores que parecia cobrir o solo como um tapete colorido.

– Mandei plantar este jardim para sua mãe. Foi aqui que a trouxe para pedi-la em casamento. Esse foi o caminho que encontrei para o seu coração. A beleza e a delicadeza das flores foram a minha chave para entrar.

– Que lindo, meu pai. Eu não sabia que o senhor era tão romântico — exclamou surpresa, Daryneh.

– Como você sabe, a liberdade é muito importante para as guerreiras Lo-Gres, por isso não se casam com homens. Sua mãe foi uma rara exceção. O relacionamento entre duas guerreiras é a regra. Thury amava sua mãe tanto quanto eu, e por compreender o meu sentimento, aceitou o nosso casamento, passando a viver aqui no palácio conosco. Mesmo após a morte de sua mãe, Thury decidiu que permaneceria aqui, para cuidar de você.

– Eu a tenho como minha mãe — reconheceu a Princesa.

– Eu a tenho como uma grande amiga, à qual sempre deverei respeito e gratidão — enfatizou Eghanak.

Dito isso, o Imperador passou a abordar o tema do casamento.

– Minha filha. Assim como uma guerreira Lo-Gres, os homens prezam muito sua liberdade. O casamento é um grande passo, e a maioria dos homens leva muito tempo para se acostumar com a ideia. Como você sabe, a sociedade ehh-katyyriana é patriarcal e, portanto, suas bases são alicerçadas nas decisões dos homens. Por isso, quando quiser alcançar um objetivo em relação ao seu casamento ou fazer algum pedido ao seu marido, não seja direta. Aborde o assunto de forma geral para começar a prepará-lo. Dê tempo para que ele possa pensar a respeito, pois os homens demoram mais a formar uma opinião para tomar decisões. Torne a abordar o assunto depois de uns dias quando estiverem relaxados e procure saber qual a opinião dele.

– Entendo — disse Daryneh, atenta à fala do pai.

– Esteja pronta para ser compreensiva, especialmente em relação a sexo, pois em nossa sociedade, ao contrário da maioria das sociedades terráqueas, o sexo é livre de preconceitos. Não confundimos sexo e amor, pois entendemos que são duas coisas totalmente distintas. O sexo é para o prazer do corpo. O amor é para o prazer da alma.

– E quanto aos filhos? — quis saber a princesa.

– Estes são os frutos do sexo entre um homem e uma mulher, quando naturalmente concebidos.

– E o amor pelos filhos? — perguntou Daryneh.

– Um filho é parte da nossa carne, do nosso sangue, da nossa alma. O amor por um filho nasce na presença e perdura mesmo na ausência, na distância ou na dor da perda. Você pode não ter neste momento todas as respostas que deseja, pois é ainda muito jovem e inexperiente. O tempo as mostrará. Esteja pronta para ser compreensiva, pois nem todas as respostas lhe serão agradáveis — alertou Eghanak. — Vamos caminhar um pouco. Continuaremos nossa conversa enquanto caminhamos no jardim de sua mãe.

Capítulo 7

O leilão

O passado é só uma história que contamos a nós mesmos.

(Her)

Konath não parava de pensar em como poderia se comunicar com seus pais ou com seus Mestres, e que a essa altura já deveriam ter saído de Nay-Hak para Ko-Uruth, para as festividades de seu casamento. Pensava em sua mãe, que ficaria desesperada sem saber onde ele estava e o pior, se ainda estava vivo. Decidiu que iria tentar um contato com eles assim que tivesse uma oportunidade, mas quando? E como?

Totalmente absorto em seus pensamentos, nem se deu conta da chegada de Enonn no salão subterrâneo do mercado de O'Huk, onde ficavam os ancillos aguardando a hora de subirem as escadas que levavam ao palco da praça do comércio, onde seriam vendidos e entregues aos seus novos senhores.

– O descanso acabou, seus inúteis! Preparem-se! Chegou a hora de mudarem de vida — bradou Enonn, abruptamente, interrompendo a espera angustiante e aumentando a tensão dos escravizados.

– Vocês ouviram o mestre. Formem uma fila aqui. Chamarei cada um, quando chegar a hora — ordenou Egtar.

Enquanto seguia na fila de subida ao palco do mercado, Konath pensava em como continuaria vivendo após ter perdido sua dignidade como ser humano. Sua última esperança era ser reconhecido por algum nobre que pudesse livrá-lo daquela tortura.

– Pare aqui! — ordenou Egtar, o ancillo-mor de Enonn, e seu capataz. E após passar óleo no corpo de Konath, desferiu-lhe um tapa em cada face e disse:

– Você tem de parecer saudável e lembre-se de fazer uma cara boa. O senhor Enonn espera conseguir um bom preço por você. Não o decepcione ou sofrerá as consequências — avisou. — Agora suba!

Um forte sentimento de ira e desesperança tomou conta do coração e da alma de Konath. Enquanto subia as escadas de acesso ao palco de leilões de ancillos, com uma certa dificuldade por conta das correntes presas nos tornozelos, ele ouvia o crescente burburinho e os gritos dos compradores que davam os lances em busca de arrematar um bom servo. Ficou surpreso com toda aquela gente ali reunida. Nunca havia estado antes em uma praça de comércio em dia de leilão de ancillos. Esse tipo de serviço ficava a cargo do administrador de ancillos do Palácio de Nay-Hak, onde vivia.

Enquanto esperava sua vez de ser leiloado, Konath buscava desesperadamente na multidão, um rosto conhecido que pudesse ajudá-lo, mas não viu ninguém. Estava onde jamais pensou estar.

A horda de populares e curiosos que enchia o pátio do mercado, em frente ao palco, se acotovelava tentando um lugar mais à frente, mais perto dos burgueses, talvez para se sentirem um pouco mais longe de suas vidas simples, imaginando que um dia poderiam estar sentados nas cadeiras mais próximas ao palanque, reservadas aos ricos compradores.

Outros ali estavam apenas com o intuito de se divertirem com o evento – se é que se pode dizer isso de um leilão de seres humanos, feito por outros, supostamente, seres humanos.

O leiloeiro Tykhoh, com sua vasta experiência, deixava para o final as melhores "peças". Konath era uma dessas.

A cada leva de ancillos a serem vendidos, Tykhoh ordenava que os servos desfilassem pelo palco, fazendo uma valorização prévia da "mercadoria", enquanto enaltecia suas qualidades, para instigar os compradores.

Os ancillos, no momento em que eram vendidos, recebiam um novo nome de acordo com a vontade de seu comprador. Isso fazia com que ficasse mais distante a esperança de retornarem às suas vidas anteriores e os fazia, de alguma maneira, aceitar suas novas condições e identidades, seus destinos.

Juntamente aos novos nomes, os servos recebiam uma "pulseira de ancillo" com o selo de armas da casa do senhor ou senhora, que os havia comprado. As pulseiras não podiam ser retiradas sem deixar marca, a menos que o senhor do escravo a abrisse com sua chave. Se o ancillo tentasse tirar a pulseira sem a chave, ela ficaria em brasa e tatuaria em seu braço o selo de armas da casa do seu senhor e o nome que recebeu quando foi comprado.

Enquanto aguardava a sua vez de ser negociado, Konath observava a multidão que vibrava e ria a cada vez que Tykhoh apresentava uma "peça" usando seu desprezível humor.

Em meio a tudo isso, Konath fixou seu olhar em uma velha senhora que andava entre a multidão e o olhava fixamente. Ela lhe parecia familiar, mas ele não conseguia se lembrar de onde. A expressão no rosto da idosa parecia dizer-lhe algo, que ouviu em sua cabeça... "Seja forte! Se não souberes achar a luz na escuridão, não saberás caminhar na linha da estrada da vida".

– E agora, meus caros senhores, a parte mais interessante do nosso leilão! O momento mais esperado! Tragam o primeiro! Vejam bem, senhoras e senhores! Este é um ancillo de excelente qualidade. Está em perfeito estado. Têm todos os dentes, boa musculatura, dois olhos perfeitos e sabe bem como agradar um senhor ou senhora. Os lances começam com cem drakons!

– Dou cento e dez! — disse em voz alta um jovem nobre de atitude autoritária.

– Cento e dez é a oferta do jovem senhor. Quem dá mais? — perguntou o leiloeiro.

– Cento e quinze! — ofereceu uma jovem senhora de aparência aristocrática que usava um bracelete reluzente e uma tiara de pedras preciosas e estava acompanhada de sua ancilla pessoal.

– São cento e quinze drakons oferecidos pela bela e distinta senhora! Quem dá mais? — perguntou o leiloeiro do alto da plataforma.

– Dou cento e vinte! — gritou um horrendo homem de aparência suja, com um quepe que indicava sua patente de capitão, segurando em uma das mãos um pobre e assustado ancillo de tenra idade, que acabara de comprar.

– Cento e vinte drakons para o capitão ali à direita! Quem dá mais? Alguém cobre os cento e vinte drakons? Vamos lá, meus nobres! Alguém? Dou-lhe uma! Dou-lhe duas! Três! Vendido ao nobre capitão! Parabéns pela compra! Ele dará um ótimo marujo! Pague aqui ao lado e escolha o nome que dará ao seu novo ancillo para constar no documento de compra.

E assim, o leilão das "peças" especiais continuou até que chegou a vez de Konath.

– Meus senhores e minhas senhoras, olhem bem para este ancillo! É a melhor entre as peças especiais oferecidas a vocês hoje. Veio de longe! Observem a estrutura física. Vejam estas pernas, os dentes, os cabelos, a pele macia como o toque da macela. É perfeito para servir dentro de casa.

Entenderam, senhoras e senhores? Ah, ah, ah... Para este aqui o lance inicial é de cento e cinquenta drakons! Quem de vocês, poderosos, levará essa beleza de "peça"? — Perguntou Tykhoh.

– Eu dou cento e cinquenta! — ofereceu um homem de meia idade, sentado logo na primeira fileira de cadeiras.

– Cento e cinquenta drakons é a oferta atual do distinto senhor!

– Cento e setenta drakons! — ofereceu uma jovem com olhar excitado.

– A jovem senhora aumenta para cento e setenta drakons, o valor desta esplêndida peça! — a nunciou o leiloeiro.

– Dou cento e oitenta! — gritou um homem sentado na quarta fileira de cadeiras, em frente ao palco.

– E o distinto senhor de chapéu azul cobre a oferta com cento e oitenta drakons! Quem dá mais?

– Eu dou duzentos drakons! — gritou em tom histérico um senhor de atitude ansiosa.

– São duzentos drakons oferecidos pelo fogoso senhor de traje amarelo! — anunciou Tykhoh, com uma risadinha. E a horda barulhenta explodiu em uma gargalhada delirante.

– Eu dou trezentos drakons! — falou uma rica senhora de idade já avançada, acompanhada de um ancillo de origem Daphuriana[11].

– Oooohhhh! — exclamou a multidão excitada com o ritmo dos lances soltando em seguida uma sonora gargalhada de desdém com os olhares diretamente direcionados a velha rica.

– Pois eu dou quinhentos drakons pelo ancillo! — gritou o ansioso senhor de traje amarelo, para o delírio da horda.

– Quinhentos drakons, senhoras e senhores, é a oferta do fogoso e admirável senhor — falou animado o leiloeiro. — Alguém dá mais? Quinhentos drakons... Dou-lhe uma! Dou-lhe duas! Ninguém mais se habilita? Alguém?

Por um momento tenso, a multidão se calou e os curiosos buscavam com atenção em meio aos compradores alguém que oferecesse mais pelo ancillo. E depois de um derradeiro momento de silêncio, o pregoeiro anunciou:

– Dou-lhe três! Vendido ao jovem senhor de amarelo! Pode vir aqui ao lado pagar e pegar seu novo ancillo, nobre senhor. E com essa venda

---

[11] Origem Daphuriana — oriundo do continente de Daphur (África).

encerramos o leilão de hoje caros senhores e senhoras. Muito obrigado pelas suas presenças e aproveitem bem suas novas aquisições.

Em seguida, Tykhoh desceu do palco em direção à banca de venda e registro para recolher a féria do leilão e pagar aos mercadores de ancillos.

– Meu caro, Enonn. Você me deu um lucro fabuloso com aquele rapaz. É desse tipo de "peças" que eu preciso para fazer o meu nome como leiloeiro — acrescentou Tykhoh, mandando o recado com o olhar para os demais mercadores.

– Sempre trago os melhores ancillos — afirmou Enonn, aproveitando para fazer propaganda, ao mesmo tempo que lançava um olhar de desdém para os outros traficantes.

Capítulo 8

No Palácio de Nay-Hak

O casamento é o fim do romance e o começo da história.

(Oscar Wilde)

Ainda sem terem ideia dos acontecimentos que vitimaram Thuad e sem saberem de toda a dor pela qual seu filho, o príncipe Konath, estava passando, os Imperadores de Nay-Hak receberam alegres, no Pátio de Armas, a escolta que chegava de volta do templo Epta Balance, trazendo sua filha, a sacerdotisa Yven, para acompanhá-los aos festejos do casamento de Konath, em Ko-Uruth.

— Ba yo, meu pai. Ba yo, minha Mãe — cumprimentou-os, Yven, descendo do cavalo.

— Ba yo, filha. Que bom que você pôde vir! Fez boa viagem? — perguntou sorridente o Imperador, abraçando sua filha.

— Um pouco cansativa, mas estou muito feliz de estar aqui com vocês. Não perderia o casamento de meu único e adorado irmão — respondeu Yven.

Após cumprimentarem-se no Pátio de Armas, a família entrou no palácio e foram direto para o salão principal, onde os ancillos esperavam para servir bebidas, para então continuar a conversa com privacidade.

— Fiquei com receio de que o guardião Ank'Lahr não pudesse liberá-la devido às atividades relativas aos festejos da Quinta Estação — ponderou D'aarytha.

— Como ele já tinha sido avisado com antecedência sobre o casamento de Konath, não houve dificuldade. Adiantei minha parte nos trabalhos com os preparativos do templo para receber os peregrinos e estarei de volta a tempo da cerimônia de encerramento das festividades.

– Mas você não vai ficar nem uns poucos dias com seus pais aqui no palácio depois do casamento de seu irmão? — indagou a imperatriz.

– Dessa vez não será possível, minha mãe. Mas prometo passar alguns dias com vocês como faço todos os anos em seus aniversários. Mas me diga, como está meu irmão? Feliz com o casamento? — quis saber, Yven.

– Casamentos são necessários entre a realeza para dar continuidade ao império — interrompeu L'Athos secamente. — Felicidade é um conceito feminino. Para os homens o que interessa é o poder.

– Isso é o que pensa seu sábio pai — disse D'aarytha, em tom de sarcasmo.

– Pois eu acredito no amor — defendeu Yven, com ar de certeza romântica.

– Amor. Mais um conceito feminino — desdenhou L'Athos.

– Então quer dizer que o senhor nunca amou minha mãe? — desafiou Yven.

Nesse momento a imperatriz olhou para o seu marido desafiando-o a responder.

– Não me olhe assim — disse L'Athos desconcertado com a pergunta da filha. — Um homem jamais deve falar de seus sentimentos pela sua mulher em público. Especialmente um Imperador.

– Não ligue para seu pai, Yven. Ele sempre lembra que é Imperador quando não tem mais argumentos — ponderou a imperatriz.

As duas mulheres riram muito, enquanto o monarca, sem jeito, sorvia mais um gole de uma suntuosa taça de vinho tinto.

– Venha, Yven. Vamos continuar nossa "conversa feminina" em seu quarto, enquanto arruma suas coisas — provocou D'aarytha enfatizando sua fala, enquanto iam saindo do recinto.

– Isso! Temos de resolver os nossos trajes para o casamento — lembrou Yven. — Quando partimos para Ko-Uruth, minha mãe?

– Daqui a dois dias. Amanhã seus tios e primos chegarão para se juntarem a nós na comitiva de convidados do noivo.

– Mulheres — resmungou L'Athos tomando de um só gole o restante do vinho de sua taça.

Capítulo 9

Ancillo de Aylekh

Os miseráveis não têm outro remédio, senão a esperança.

(William Shakespeare)

— Seu nome será O'Thepy — falou Aylekh, enquanto a pulseira de ancillo era colocada no antebraço de Konath.

— Sabe o que significa? Presente de Thepy[12]. Gostou? O que foi? Você não sabe falar? — perguntou Aylekh, irritado.

— Sim — respondeu Konath, lacônico.

— "Sim, meu senhor". É assim que você deve se dirigir a mim de agora em diante, entendeu?

— Sim, meu senhor — repetiu Konath, tentando controlar sua ira.

— Você aprenderá muito comigo, O'Thepy. E vai gostar do que vou te ensinar. Só dependerá de você ter uma boa vida, me entende?

— Sim, meu senhor — respondeu Konath.

— Muito bem! Assim é melhor. Com o tempo você verá que eu sou um senhor muito bom — afirmou Aylekh. — Temos de comprar roupas para você. Não gosto de ancillos maltrapilhos andando ao meu lado. Vamos andar no mercado e escolher alguma coisa.

— Sim, meu senhor — respondeu Konath, tentando esboçar um sorriso.

— Muito bem! Vejo que você aprende rápido, O'Thepy. Você vai gostar de sua nova vida — afirmou Aylekh, esboçando um sorriso enquanto examinava o corpo de Konath com os olhos.

---

[12] Thepy — o Tempo.

E os dois seguiram pelo mercado, em busca de novas vestimentas para Konath. Duas ruas adiante na lateral esquerda da Praça do Mercado, Aylekh parou em frente a uma loja de tecidos e disse a Konath:

– É aqui. Os melhores tecidos de Ehh-Katyyr são produzidos nas ilhas Seth. Um lugar bem longe daqui — informou Aylekh.

Konath decidiu que seria mais estratégico ter uma convivência amigável com seu senhor, pois assim teria mais possibilidades de ação em busca de sua liberdade. Quem sabe conseguiria contatar seus pais ou seus Mestres e sair daquele pesadelo que se tornou a sua vida. Mal podia imaginar que sua situação era bem pior, e que o mestre Ganyyr, em quem confiava, era um dos responsáveis pela sua desgraça.

Nesse momento, Konath lembrou-se que sua mãe sempre lhe dizia a mesma coisa quando lhe dava um jabador novo ou uma túnica, ou mesmo quando ouvia as servas comentando sobre os novos tecidos que haviam sido comprados pela Imperatriz. Percebeu que Aylekh, apesar do jeito campesino de falar, ao menos tinha bom gosto.

Após as compras no mercado, Aylekh voltou ao estábulo onde havia deixado os cavalos e, depois de acomodar em um dos cavalos os dois novos ancillos que adquiriu, montou no seu cavalo e partiram de volta a sua propriedade.

Durante o caminho de volta a casa, Aylekh conversou com Konath e Dhea, seus novos ancillos, e deu-lhes algumas instruções sobre a convivência na casa e principalmente lembrou a O'Thepy (Konath), de que ele era seu ancillo exclusivo, que só a ele deveria servir ou se reportar, não se esquecendo, porém, de respeitar a sua família.

Dhea, a outra ancilla que Aylekh havia comprado estava tão assustada que permaneceu calada e trêmula durante todo o caminho. Tinha sido abduzida na Terra, em algum lugar da Etiópia, e não sabia onde estava, nem quem eram àquelas pessoas, ou o que seria feito de sua vida. Apenas seguia atônita para onde indicavam. Konath teve muita pena dela e entendeu pela primeira vez, sentindo na pele, qual era o desespero e o desalento pelo qual passavam os terráqueos abduzidos e escravizados. Era desumano.

Chegando à casa Aylekh e Konath foram recebidos por Taryk, no pátio principal. O antigo ancillo pessoal de Aylekh, que agora era o ancillo principal, responsável pela administração da casa e dos outros ancillos, os cumprimentou.

– Sejam bem-vindos!

Aylekh entregou as rédeas dos cavalos a Taryk e entrou na casa pela entrada da cozinha, conduzindo Konath pelo corredor que dava acesso a ala dos quartos e explicando onde ficavam os cômodos.

– Os meus aposentos ficam no fim desse corredor. Kelaah vai levá-lo ao local onde você tomará banho e vai prepará-lo para me encontrar mais tarde.

– Sim, meu senhor — respondeu Konath, em concordância, imaginando o que estava por vir.

– Kelaah!

– Sim, meu senhor, Aylekh.

– Leve O'Thepy para tomar um banho, quero que ele vista uma roupa nova das que comprei, e dê-lhe comida. Ah! E jogue fora esses trapos que ele está vestindo.

E, dirigindo-se a Konath, ordenou:

– Descanse um pouco depois de comer, O'Thepy. Vou mandar chamá-lo quando precisar de você.

– Sim, meu senhor Aylekh.

– Muito bem! — exclamou o dono da casa, com um sorriso satisfeito, dando um tapinha carinhoso no rosto de Konath.

– Han'akh! — chamou Aylekh, dirigindo-se à ancilla mais velha.

– Meu senhor?!

– Prepare meu banho com ervas e sais aromáticos — ordenou Aylekh.

– Imediatamente, meu senhor — respondeu Han'akh.

– Diga a minha mãe que lhe comprei esta nova serva de cozinha. É uma oriunda de Nan-Adoh[13]. Não sabe falar nossa língua. Prepare-a e tome as providências necessárias para que ela aprenda rápido o serviço.

– Agora mesmo, senhor Aylekh — respondeu Han'akh, uma velha escrava, também oriunda da Terra.

Aylekh seguiu pelo corredor em direção aos seus aposentos, enquanto Konath seguiu Kelaah, em direção à ala dos ancillos.

– Aqui é a sala de banho dos ancillos, O'Thepy. Vou providenciar a água para encher a *vasca*[14] para seu banho.

---

[13] Ilha Nan-Adoh — ilha em Ehh-Katyyr, onde chegavam os abduzidos na Terra.

[14] Vasca — espécie de banheira.

– *Och'ra*[15]. Como é mesmo seu nome?

– Kelaah. Foi o nome que me deram quando fui comprada pela mãe do senhor Aylekh.

– E qual era seu nome? — perguntou Konath impulsivamente, esquecendo-se de que os oriundos da Terra, quando abduzidos, tinham suas memórias apagadas, para que se tornassem ancillos obedientes. Esse poderia ser o caso de Kelaah.

– Meu nome é Kelaah. Chame-me de Kelaah.

– Entendo. Sinto muito — retratou-se Konath, lembrando o quão traumático deve ser você não se lembrar de seu passado.

Kelaah assentiu com a cabeça e saiu.

Enquanto tirava sua túnica esfarrapada e suja, Konath olhou em volta admirando as paredes da sala de banho dos ancillos, decoradas com afrescos de muito bom gosto. A vasca era de cobre, metal trazido da Terra. O chão era feito com um tipo de piso feito de areia derretida em altas temperaturas, juntamente com pó de granito azul das minas do norte de Ehh-Katyyr. Tudo de muito bom gosto, para um cômodo de ancillos — pensou.

Quando Kelaah retornou à sala de banho com quatro ancillos carregando ânforas de água temperada com essência de plantas aromáticas das margens do Rio O'Mak, encontrou Konath já despido e sentado dentro da vasca, com as mãos cobrindo suas partes íntimas.

Por um instante, Kelaah se sentiu atraída pelo corpo moreno do belo rapaz, mas em seguida caiu em si, lembrando-se de que o seu senhor Aylekh o arrematou no leilão, com propósitos muito particulares, caso contrário ele não ordenaria que o banhasse com água temperada com sua essência de banho preferida.

Todos os ancillos da casa sabiam da preferência do senhor Aylekh pelos jovens e belos rapazes. Na verdade, outros ancillos da casa já haviam tido a mesma "sorte".

– Essa é sua nova vestimenta, O'Thepy. Vou ajudá-lo com o banho.

– *Och'ra*, Kelaah — agradeceu Konath, pouco à vontade.

Durante os 15 minutos que se seguiram, Kelaah banhou Konath, esfregando-o e em alguns momentos acariciando sua pele.

---

[15] Och'ra — obrigado, no idioma Drakonês.

Konath deixou-se perder em seus pensamentos, olhos vidrados na direção de um dos afrescos da parede, lembrando o quanto era bom ter alguém cuidando dele. Era muito boa a sensação de bem-estar que o banho estava lhe proporcionando, depois de tudo o que havia passado até então. Fechando os olhos, Konath sentiu intensamente o cheiro das ervas aromáticas, as mãos de Kelaah passando pelo seu corpo, os cuidados da serva, o ambiente da sala de banho... por um momento o fez transportar-se para seus aposentos no palácio real de Nay-Hak, onde era assessorado por ancillos, na hora do banho. O banho afastou por um momento todos os pensamentos de angústia e de dor que havia sofrido nos últimos dias.

— Pode se levantar agora — disse Kelaah.

Quando Konath se levantou deixando à mostra o corpo virilmente delineado, Kelaah sentiu um arrepio de excitação na espinha, e teve de se controlar para não deixar transparecer um tremor de tesão que percorria seu corpo naquele momento. Nervosa, e com os mamilos endurecidos, Kelaah enrolou a toalha em Konath e disse para ele se enxugar e vestir-se, pois o estaria esperando lá fora. Apressada e sem conseguir conter as carnes trêmulas, Kelaah saiu rapidamente da sala de banho fechando atrás de si a pesada porta de madeira.

Do lado de fora, ofegante, teve um espasmo de tremor em todo corpo e correu para o pátio interno em direção à fonte, onde jogou água gelada no rosto e na nuca, buscando se acalmar.

Minutos depois, Konath saiu da sala de banho vestido com suas novas roupas e encontrou Kelaah ainda perto da fonte, no pátio.

— Estou pronto, Kelaah — disse Konath.

A ancilla se virou e vislumbrou a figura de Konath, agora ainda mais atraente, dentro do jabador de seda azul, que estava usando.

— Estou vendo, O'Thepy — disse Kelaah, secamente, tentando disfarçar o seu tesão. — Venha comigo. Vou mostrar-lhe onde é a cozinha. Pode comer o que quiser.

— *Och'ra*, Kelaah — agradeceu Konath.

— Não me agradeça, O'Thepy. Apenas faço o que me mandam fazer.

— *Och'ra*, mesmo assim — insistiu Konath.

— Quando você terminar sua refeição, eu indicarei o quarto que ocupará. Descanse bem. O senhor Aylekh o espera em seus aposentos mais tarde. Um ancillo ira lhe chamar e o levará até ele. Seu dia ainda não acabou — disse Kelaah, com ares de desprezo.

Konath bem sabia o que aconteceria nos aposentos de Aylekh. Estava disposto a mostrar um bom serviço para conquistar a confiança do seu "Senhor", para poder acompanhá-lo em suas idas à cidade. Talvez assim pudesse encontrar uma maneira de entrar em contato ou mandar uma mensagem para seus pais ou Mestre Ganyyr.

No quarto, sentindo-se relaxado pelo banho, Konath adormeceu rapidamente, tão logo deitou-se na cama macia.

— Acorde, O'Thepy. O senhor Aylekh mandou buscá-lo — avisou Taryk, segurando no braço e Konath.

— *Och'ra!* — agradeceu Konath, ainda sonado, confuso por ter a sensação de que havia acabado de se deitar.

— Já estive em seu lugar — revelou Taryk. — Faça a coisa certa. Obedeça ao seu Senhor e sua vida aqui será boa — aconselhou, Taryk.

— Obrigado pelo conselho, Taryk. Vou fazer o melhor que puder — afirmou, Konath.

— Ele gosta de sexo forte. Não seja muito gentil — alertou Taryk.

— Não serei — obrigado, Taryk.

Taryk acompanhou Konath até a porta do quarto de Aylekh bateu à porta e abriu para Konath passar, fechando-a em seguida.

O quarto era grande, com móveis de madeira maciça de cor escura, provavelmente vinda da floresta localizada no entorno do Pico Ey-yo. As cortinas e tapetes de fino gosto e o cheiro suave de madeira de Elóh[16] afrodisíaca, bem conhecida de Konath, pois era a mesma essência que usava em seu quarto.

Aylekh abriu um sorriso de encanto ao vislumbrar a figura de Konath, agora banhado e de roupas limpas.

Konath aproximou-se de Aylekh, esboçando um sorriso, pensando que não seria difícil trepar com aquele homem. Aylekh era um ehh-katyyriano de cerca de 38 anos da Terra, boa compleição física e pouco mais de 1,80 m. Tinha a pele mais clara que a dele, apesar de ser um nativo do Império do Dragão Preto, olhos castanhos amarelados, cabelos pretos azulados e quase não tinha pelos no corpo.

---

[16] Elóh — Árvore oriunda das ilhas Ky-Fenn, de cuja casca era fabricada uma essência afrodisíaca usada geralmente pelos mais abastados ehh-katyyrianos.

Aylekh levantou seu jabador deixando aparecer seu pênis que aumentava de tamanho e endurecia rapidamente, à medida que Konath se aproximava.

— Me dê prazer, O'Thepy! — ordenou Aylekh.

Konath despiu-se, revelando sua excitação latejante, e com a mão direita começou a acariciar as coxas de Aylekh, enquanto apertava seus mamilos com a mão esquerda, fazendo-o gemer de prazer.

Puxando Konath na direção de seus lábios, Aylekh beijou-o intensamente, ao que Konath correspondeu sem dificuldade. Os corpos dos amantes se juntaram em carícias cada vez mais intensas, até que Konath virou o corpo de Aylekh de maneira brusca e forte, deixando-o de bruços, com suas nádegas bem torneadas à mostra e totalmente vulneráveis.

— Eu quero forte, O'Thepy! — pediu Aylekh, colocando-se totalmente vulnerável.

Sem precisar de mais estímulos, Konath afastou as pernas de Aylekh, lubrificou os dedos e introduziu um, depois dois dedos no ânus do seu Senhor, fazendo movimentos para lubrifica-lo, ao mesmo tempo que beijava suas nádegas. Intensamente excitado, Konath penetrou forte o vulnerável e receptivo Aylekh, que gemia cada vez mais, conforme aumentava a intensidade do vai e vem da penetração, até que, atingindo o auge a excitação anal, Aylekh, totalmente entregue ao ato, gozou fartamente, seguido de Konath.

Os dois adormeceram logo, arrebatados pelo relaxamento do ato sexual.

Capítulo 10

A nova vida de Konath

O silêncio é um amigo que nunca trai.

(Confúcio)

Após a noite de intensa atividade sexual nos aposentos de Aylekh, Konath voltou a seu quarto. No caminho, foi interpelado por Taryk.

– Espero que você tenha dormido bem, O'Thepy. Esteja pronto para quando o senhor Aylekh acordar. A partir de agora você será o ancillo pessoal dele. Satisfaça os caprichos dele e sua vida será fácil, até que você fique mais velho e ele encontre outro jovem que desperte seu interesse. Aproveite o seu tempo como o preferido do senhor Aylekh.

– Aproveitarei. *Och'ra,* Taryk — respondeu Konath, tentando parecer agradecido pelo conselho.

Já em seu quarto, Konath deitou-se na cama e começou a repassar os acontecimentos dos últimos dias.

Quase duas semanas se passaram sem que ele tivesse ideia do que estava acontecendo em Nay-Hak. Será que seus pais já haviam descoberto o que havia acontecido com a escolta? Há dias ele deveria ter chegado ao Palácio Real de Ko-Uruth, no império do Dragão Preto, para conhecer sua futura esposa, a princesa Daryneh. Konath precisava encontrar uma maneira de dizer o que acontecera, onde ele estava e que estava vivo.

Adormeceu sem perceber, em meio a seus conturbados pensamentos.

– Acorde, O'Thepy! O senhor Aylekh o aguarda na sala de refeições. Você o servirá — avisou Taryk, acordando Konath.

Konath se levantou rapidamente, vestiu-se e seguiu Taryk até a sala de refeições.

Sentados à mesa estavam Aylekh, sua mãe Rhynah e sua irmã mais nova, a maliciosa Deknee.

– Meu senhor Aylekh — apresentou-se Konath, curvando a cabeça em reverência.

– Ah! Bom dia, O'Thepy. Sirva-me! — ordenou Aylekh, secamente.

– Sim, meu senhor — respondeu Konath, pegando o bule de café e servindo Aylekh, prontamente.

– Esse é seu novo brinquedinho, irmão? — provocou, Deknee.

– Deknee! — interpelou-a Rhynah, sua mãe, em tom de reprovação.

– Este é O'Thepy. Meu novo ancillo pessoal. Controle sua língua minha irmã, ou acabará solteira. Homens não gostam de mulheres sem língua, preferem aquelas que as têm e que sabem usá-las habilmente, na hora certa — avisou Aylekh, em tom de deboche ameaçador.

Deknee sentiu-se exposta e fez menção de se levantar da mesa.

– Sente-se! — ordenou Aylekh, firmemente — Você se levantará da mesa quando eu me levantar. Não se esqueça de quem é o Senhor desta casa — completou, duramente.

– Me desculpe, irmão. Não acontecerá outra vez — respondeu Deknee, sem qualquer emoção, voltando a sentar-se.

Nesse momento, Konath esboçou levemente um sorriso em direção a Deknee, que a deixou com fogo nos olhos de tanta raiva.

– Faça sua refeição calada — completou Aylekh. — E virando-se para Konath, falou: O'Thepy, diga a Taryk que prepare os cavalos. Quando eu terminar meu dejejum vamos sair para uma visita às plantações e depois vamos à cidade.

– Sim, meu senhor — respondeu Konath, prontamente.

Enquanto Konath saia da sala de refeições, Deknee o observava pelo canto do olho. Ela o desejou intensamente logo que o viu. Konath despertava o desejo tanto em mulheres como em homens, por mais que esses se mostrassem exclusivamente heterossexuais. Sua sensualidade era natural e evidente. Havia algo em sua figura máscula, em seu corpo esguio e com músculos definidos, sua voz firme e grave, sua cor morena, seu cabelos pretos ondulados e especialmente uma sedução em seu olhar que despertava o desejo de aproximação mais íntima. Quase uma atração inevitável. Percebendo o olhar e conhecendo a sua irmã, Aylekh avisou:

– Deknee, cuide para que fique bem claro em sua cabeça de que O'Thepy é meu ancillo pessoal. É a mim que ele pertence, é a mim que ele serve e obedece — deixou claro, Aylekh.

– Sim, meu irmão — respondeu Deknee, baixando a cabeça, sem jeito.

– Minha mãe, ficarei fora durante todo dia tratando de negócios. Dê ordem às servas da cozinha para prepararem algo que seja do meu agrado. Quando eu voltar, estarei faminto — disse Aylekh a sua mãe.

Aylekh se retirou para o pátio, após beijar sua mãe, sem ao menos lançar um olhar na direção da irmã.

Deknee fez menção de levantar-se para sair da sala, mas Rhynah a segurou pelo braço e disse, incisiva:

– Controle sua índole, Deknee. Seu irmão agora é o Senhor da casa. Ele tem cuidado muito bem de nós duas e dos negócios desde que seu pai morreu. Sempre soube da preferência dele por outros homens. Lembre-se de que isso não faz dele menor que nenhum outro homem. E mais ainda, lembre-se de que nossa sobrevivência e status social dependem dele. Não o provoque. Enquanto você não se casar, é Aylekh quem decide sobre sua vida. A qualquer momento ele pode decidir enviá-la ao templo de Octo Anderung, ao qual você foi consagrada e de lá você não sairá mais. Morrerá virgem, servindo ao templo.

– Jamais morrerei virgem! — disparou Deknee.

Desferindo-lhe um tapa, Rynah advertiu:

– Não seja tola menina! O destino de uma mulher perdida é a rua, a prostituição e uma vida à margem da sociedade. É isso que você quer? — perguntou, incisiva.

Deknee, chorando compulsivamente, saiu correndo em direção a seu quarto, sem responder a pergunta de sua mãe.

– Preciso arranjar um marido para essa menina, urgentemente – murmurou Rhynah. – Não quero uma filha perdida na vida e sem destino. Isso sujaria o nosso nome perante a sociedade.

Em seguida, gritou:

– Kelaah!

– Sim, minha senhora? — respondeu a ancilla, prontamente.

– Prepare minhas coisas para uma viagem de cinco dias. Partirei para a Ilha Sagtus em dois dias. Preciso consultar o Oráculo. E mande Taryk até a sala principal. Tenho de dar ordens a ele.

— Imediatamente, senhora.

Da janela de seu quarto, Deknee espreitava, enquanto seu irmão saía a cavalo pela entrada principal, seguido por Konath. E, com um misto de ódio e de desejo, sussurrou:

— Esse será meu.

Deknee tinha certeza de que, mais cedo ou mais tarde, seu irmão acabaria por se interessar por outro ancillo mais exótico ou mais encorpado. Sempre acontecia. Seria então sua chance de pedir a Aylekh que Konath passasse a lhe servir. E quando esse momento chegasse, ela saciaria os seus mais íntimos desejos de sexo com aquele macho que fizera seu corpo tremer descontroladamente em um orgasmo platônico e humilhante, pelo simples fato de espreitar seu corpo nu através de uma fresta da porta. O mais difícil para a jovem seria esperar o momento certo e controlar seus impulsos lascivos de desejo por Konath.

Capítulo 11

A trágica notícia

O amor nasce de pequenas coisas, vive delas e por elas às vezes morre.

(Lord Byron)

No dia anterior à partida da comitiva real da família de Konath para Ko-Uruth, as mulheres estavam em polvorosa preparando as últimas peças de roupas e joias que levariam para usar durante o casamento e enquanto estivessem lá hospedadas. Os tios e primos de Konath e Yven haviam chegado naquela manhã e o palácio de Nay-Hak estava uma agitação só.

Alheios ao movimento das mulheres no interior do palácio, o Imperador L'Athos caminhava pelos jardins localizados na parte traseira, enquanto conversava com o rei Sahkkor de N'Zten, consorte de sua irmã, a rainha Schaya. O animado colóquio, obviamente, versava sobre as futuras alianças e tratados de comércio que seriam reforçados e intensificados com o Império do Dragão Preto, por conta do casamento de Konath e Daryneh. Subitamente, um ancillo aproximou-se ofegante trazendo uma mensagem urgente do Conselheiro Real Yemerk.

– Com licença, Vossa Majestade! Meu senhor Yemerk precisa lhe falar com urgência. Pediu a gentileza de encontrá-lo em seu gabinete. É muito importante.

– Diga a Yemerk que já irei até seu gabinete — respondeu o Imperador.

– *Och'ra*, Vossa Majestade.

L'Athos pediu licença a seu cunhado e retornou ao interior do palácio. Enquanto caminhava pelo corredor em direção ao gabinete de seu conselheiro sentiu uma inexplicável sensação de ansiedade invadindo seus pensamentos.

– *Ba yo*, Yemerk. O que aconteceu? — perguntou o soberano, visivelmente preocupado, adentrando o gabinete do conselheiro.

– Acabo de receber em meu gabinete um aldeão que trouxe notícias perturbadoras, Majestade — disse o conselheiro visivelmente consternado.

– Do que se trata? É sobre meu filho? — perguntou Eghanak, apreensivo.

– Sim, Vossa Majestade. Receio que algo tenha acontecido com a escolta do príncipe Konath. O aldeão relatou que estava na floresta próxima ao rio Kós colhendo cogumelos, quando achou, por acaso, o corpo de um soldado do exército real, enterrado na floresta. Trata-se de um dos soldados que faziam parte da escolta do príncipe Konath.

– Diga ao general D'Kurk que reúna uma escolta imediatamente! — ordenou L'Athos — Partiremos agora mesmo para o local. E mande um mensageiro imediatamente para Ko-Uruth. Preciso saber se meu filho chegou a salvo.

– Agora mesmo, Vossa Majestade.

– E Yemerk...

– Sim, majestade?!

– Não fale sobre isso com mais ninguém, entendeu? Após minha partida, informe a Imperatriz que tive de sair para resolver um assunto muito urgente que não poderia esperar por minha volta do casamento. Avise-a de que nossa partida para Ko-Uruth está adiada por dois dias. Voltarei o mais rápido possível.

– Fique tranquilo, Vossa Majestade. Ninguém saberá de nada até sua volta.

Percebendo a movimentação do Imperador, o ardiloso Ganyyr, mandou seu ancillo dilek[17] averiguar o que estava ocorrendo, com o intuito de manter o seu comparsa, Mestre Ko-ryhor, informado dos acontecimentos no palácio Nay-Hak. O traidor estava certo de que não tardaria a chegar a notícia da morte de Konath.

---

[17] Dilek — ancillo espião, no idioma Drakonês.

Capítulo 12

O desejo de Deknee

Proibir algo é despertar o desejo.

(Michel de Montaigne)

Rynah era uma viúva sábia e austera. Já contava com mais de 80 anos, no tempo da Terra, o que se percebia pela cor verde-claro de seus cabelos[18]. Era totalmente inserida na cultura ehh-katyyriana no que concerne ao papel social das mulheres. Sempre respeitou seu marido, de acordo com o que se esperava socialmente dela. Seus valores eram pautados essencialmente nas regras sociais vigentes, com especial respeito à obediência devida ao homem da casa. Muito ligada à religião praticada no continente, Rynah decidiu não mais se casar. Havia passado pouco mais de quatro anos desde a morte de seu amado marido, quando seu filho Aylekh se tornou o homem da casa. Ele sabia que podia sempre contar com o apoio incondicional da mãe, e não costumava negar seus pedidos.

O Návrat[19] de Enodur, seu falecido marido, foi um marco decisivo na vida Rynah. Seu momento mais difícil.

– Com licença, minha senhora?!

---

[18] Os Ehh-Katyyrianos tinham uma característica física singular de pararem de envelhecer fisicamente aos 36 anos. A única indicação física visível que indicava a idade era a cor dos cabelos. A partir dos 36 anos até os 80, os cabelos embranqueciam gradativamente. Depois dos 80 até os 120 anos, mudavam para um tom verde-claro. Dos 120 até os 179 anos, vermelho. No último ano de vida passava ao azul mediterrâneo.

[19] Návrat — cerimônia de cremação realizada no templo ao qual o ehh-katyyriano morto, foi consagrado em seu nascimento. A cerimônia acontecia na presença de familiares, que assistiam a energia vital deixar o corpo espontaneamente, ao pôr do terceiro sol de Ehh-Katyyr, no dia em que o ente completasse 150 anos de idade. Depois disso, o corpo era cremado e as cinzas entregues à família do ascendido para serem usadas como adubo da árvore plantada em sua homenagem, no quintal de sua propriedade. Dessa forma, acreditava-se que o ascendido retornava nos sonhos para aconselhar e confortar os seus entes queridos.

– Entre, Taryk, e preste bem atenção em minhas ordens: em dois dias estarei de partida para a Ilha Sagtus. Estarei fora por cinco dias e quero que você fique de olho em Deknee. Não a perca de vista. Ela é rebelde e imatura. Preciso que a mantenha longe do novo ancillo de Aylekh, entendeu?

– Sim, minha senhora. Não a perderei de vista — garantiu o ancillo.

– Confio em você, Taryk.

– Pode confiar, senhora.

– Assim espero — reforçou, Rynah.

Taryk assentiu com a cabeça enquanto Rynah saía do recinto.

No corredor principal, Rynah cruzou com Deknee a caminho da sala.

– Mamãe, eu gostaria de ter um novo traje. Será que podemos ir ao mercado comprar tecidos? — perguntou Deknee.

– Assim que eu voltar de Sagtus. Preciso consultar o Oráculo — respondeu de forma séria, Rynah.

– Aconteceu alguma coisa? — Deknee inquiriu, curiosa.

– Acontecerá em breve. Preciso providenciar seu casamento. Você já está em idade de se casar e ter um homem que te faça mulher e controle seus ímpetos.

– Mas eu não conheço nenhum homem pelo qual eu poderia me interessar — afirmou Deknee, desafiadora.

– Seu irmão escolherá um bom marido para você — afirmou Rynah. — É obrigação dele. Caberá a você aceitar e fazer seu marido feliz.

– Mas eu quero escolher o meu marido! — protestou Deknee, indignada.

– Menina tola! Em nossa sociedade uma mulher não pode contestar as escolhas do homem da casa, mas aceitá-las. Seu irmão me respeita e considera minha opinião. Não se preocupe. Providenciarei para que seu futuro marido seja um homem bom e de pulso firme, como foi seu pai.

– Não vou me casar com um velho — declarou Deknee, decidida — Prefiro servir no templo.

– Você não é mulher para viver sem homem. É muito fogosa. Precisa de um homem forte para aplacar sua necessidade de sexo — rechaçou Rynah.

– Eu ainda sou virgem, mamãe — disse ruborizada, Deknee.

– É por isso que eu lhe aviso: mantenha-se longe do novo ancillo de seu irmão, ou não poderei ajudá-la a se casar com um homem jovem, entendeu? Homens jovens só se casam com mulheres virgens. Não se atreva a despertar a ira em seu irmão, ou servir no templo será um presente dos Provedores para você — alertou.

– Que absurdo! Jamais me interessaria por um ancillo! — afirmou, Deknee, disfarçando o olhar.

– Eu vi como você olhou com olhos de desejo para O'Thepy. Conheço-te mais do que você pensa, menina. Seu corpo fala — afirmou Rynah.

– Posso me retirar para meu quarto? — perguntou Deknee, incomodada.

– Não! Ainda não acabei de falar — disse Rynah alterando a voz. – Seu irmão deixou claro que não quer que você se aproxime desse ancillo. Em dois dias partirei para Sagtus, irei consultar o Oráculo. Assim que eu voltar quero que esteja pronta para partir para uma temporada na casa de seu tio Osyrah, de onde você só sairá para se casar.

– Mas eu não quero ir para as montanhas Ey-Yo. Aquele lugar é frio.

– Você não tem escolha. O frio fará bem a sua cabeça e manterá o fogo das suas entranhas abrandado, até que seu futuro marido se encarregue disso — disse-lhe a mãe, rispidamente.

– Você está sendo cruel comigo, mamãe — choramingou, Deknee.

– Estou sendo uma mãe zelosa. Futuramente você entenderá e me agradecerá por isso — Rynah profetizou.

Capítulo 13

A busca de notícias

Sentimos a dor, mas não a sua ausência.

(Arthur Schopenhauer)

Seguindo as ordens do Imperador L'Athos, o conselheiro real Yemerk informou ao general D'Kurk, chefe do exército real, sobre o ocorrido.

— A escolta estará pronta para partir em dez minutos — garantiu o General. — A essa altura um mensageiro já estará a caminho de Ko-Uruth, conforme o senhor ordenou — informou o general D'Kurk.

— Vou avisar ao Imperador. Temo pelo que possa ter ocorrido ao jovem príncipe — disse o Conselheiro.

— Seja lá o que tenha acontecido, vamos descobrir. Punirei severamente quem estiver envolvido — afirmou o general.

Escondida atrás de uma pilastra, a ancilla K'thee ouvia toda a conversa do conselheiro com o general e saiu rápida e sorrateiramente, na direção dos aposentos do Mestre Ganyyr, para informá-lo.

— Então o Imperador já sabe que aconteceu algo, mas não sabe ainda de tudo. Chame meu ancillo dilek, minha querida. Devo informar imediatamente a Ko-ryhor para que ele fique ciente. Mas antes... venha aqui — ordenou Ganyyr, com intenções lascivas. E aproximando-se da ancilla com olhar lascivo, de forma dominante e poderosa, continuou:

— Quero comemorar o início de meu plano para assumir o lugar que mereço — disse ele com voz sedutora, olhando nos olhos de K'thee.

E tomando-a vigorosamente em seus braços, Ganyyr a beijava, enquanto a despia, deixando à mostra os seios nus da ancilla. Correspondendo à investida do ardiloso Mestre, a serva deixou-se invadir pelos carinhos ousados das mãos de Ganyyr, que tocava seu sexo cada vez mais profundamente, com movimentos de fricção em seu clitóris, provocando gemidos de prazer e preparando-a para ser penetrada. Na sequência, sentindo a pressão do pênis de Ganyyr entre suas coxas, K'thee deslizou sua boca pelo pescoço do traidor alcançando seu mamilo com beijos suaves e mordiscos excitantes, descendo pelo seu abdômen até alcançar o membro quente e pulsante, já ávido por penetrá-la. Sem cerimônias, a ancilla usou de todas as suas artimanhas sexuais para deixar o homem louco de desejo, até Gannyr a tomar fortemente nos braços, jogando-a na cama e abrindo suas pernas. Totalmente entregue ao prazer carnal, a ancilla segurava a cabeça de Ganyyr entre as pernas, sentindo o tesão proporcionado pelos movimentos da língua dele mergulhada na sua genitália úmida. K'thee suplicou ao Mestre que a penetrasse. Para demonstrar seu poder sobre a escravizada, o malicioso pulha virou-a de bruços e penetrou-lhe o ânus de uma só vez. E antes que ela pudesse gritar de dor, Ganyyr abafou sua boca com a mão, enquanto continuou a abusar fortemente dela.

Quando terminou o ato, o Mestre traidor avisou:

— Você sabe que comigo sempre será assim. Eu gosto assim. Você ainda quer estar ao meu lado, quando o meu momento chegar? — perguntou Ganyyr, com uma expressão de insanidade em seu rosto.

— Sim — respondeu a acuada serva. — Quero ser sua mulher e servir ao senhor da maneira que desejar. Anseio por minha liberdade e gosto do que me oferece em troca. Sei que amor nunca terei, mas serei livre e respeitada como sua mulher. Isso me basta — respondeu K'thee, tentando parecer sincera.

— Por isso gosto de você, mulher. Sabe o seu lugar ao lado de um homem. Vá chamar meu dilek — ordenou o Mestre Ganyyr.

— Imediatamente, meu senhor — respondeu K'thee obediente, fazendo uma expressão de desprezo após virar as costas para Ganyyr.

Ao chegar ao pátio de armas, o Imperador L'Athos já encontrou a sua escolta pronta para partir.

— Vamos, D'Kurk. Não há tempo a perder. Sinto que meu filho corre grande perigo —disse o Imperador, ansioso.

— Não se preocupe, Majestade. Encontraremos o príncipe são e salvo — garantiu D'Kurk.

— É tudo o que desejo, General. É tudo o que quero. Que seja este também o desígnio dos Provedores — disse L'Athos, com um certo desespero na expressão.

E, virando-se para Yemerk, o Imperador ordenou:

— Não deixe que ninguém suspeite que fui em busca de meu filho, especialmente a Imperatriz. Voltarei em dois dias e espero trazer boas notícias.

— Sim, meu senhor. Assim será feito — garantiu Yemerk.

— Vossa Majestade, tomei a liberdade de ordenar ao mensageiro que enviei a Ko-Uruth para que na volta nos encontre no acampamento que montaremos às margens da floresta próxima ao rio Kós, próximo ao local onde o corpo do nosso guarda foi encontrado — informou D'Kurk. — Assim, teremos a informação sobre a chegada ou não do príncipe Konath ao seu destino.

— Muito bem pensado, general — elogiou L'Athos. — Vamos!

Capítulo 14

O ardil de Deknee

Os desconfiados desafiam a traição.

(Voltaire)

O terceiro sol de Ehh-Katyyr já havia desaparecido há muito tempo quando Aylekh e Konath voltaram da cidade. Entraram a cavalo pelo portão dos fundos da propriedade até chegarem ao pátio principal, onde Taryk os esperava para as últimas providências do dia.

— Taryk! — chamou Aylekh.

— Seja bem-vindo, meu senhor — cumprimentou Taryk, já segurando a guia do cavalo de Aylekh.

— Diga a Kelaah que providencie comida para nós. Estamos famintos e cansados — ordenou.

— Imediatamente, senhor Aylekh.

— O'Thepy, guarde os cavalos e leve as compras para o depósito, depois vá à cozinha comer algo. Estou cansado. Você está dispensado por hoje — ordenou Aylekh olhando de maneira devassa nos olhos de Konath, enquanto o apalpava, por cima da túnica.

— *Och'ra*, meu senhor Aylekh — respondeu Konath, obediente.

Konath se sentiu aliviado por não ter de se deitar com Aylekh naquela noite. Estava bem cansado também, além disso, a noite anterior havia sido intensa de sexo, e depois de um dia inteiro percorrendo as plantações da fazenda e da ida ao mercado, estava mesmo exausto.

Voltava do estábulo em direção à cozinha quando sentiu a sensação de que estava sendo observado. Olhou de súbito em direção à varanda do segundo piso, da ala dos aposentos que dava para o pátio principal, e viu que alguém o espreitava nas sombras das cortinas. Imediatamente se lembrou de Deknee. Estranhamente estremeceu enquanto caminhava para a cozinha, onde Kelaah o aguardava.

– *Ba Z't* [20], Kelaah!

– *Ba-Z't,* O'Thepy. Aqui está sua comida. Precisa de mais alguma coisa? — perguntou a ancilla, secamente.

– Preciso de um banho e descanso — respondeu Konath.

– Imaginei que chegariam cansados. A vasca já está cheia. Você já sabe o caminho até a sala de banho dos ancillos. Vou me recolher, pois estou cansada também — falou a ancilla.

– *Och'ra,* Kelaah. Bom descanso.

Kelaah retirou-se sem responder, em direção à ala dos quartos dos ancillos, fechando a porta atrás de si.

Enquanto comia, sozinho, Konath sentiu um momentâneo alívio, provocado pelo cansaço e seus pensamentos se voltaram mais uma vez para encontrar uma maneira de avisar a seus pais ou seus Mestres sobre sua situação.

Após se alimentar, Konath seguiu pelo corredor secundário até a sala de banho dos ancillos, despiu-se deixando à mostra seu belo e másculo corpo moreno, agora mais bem nutrido, sem perceber que Deknee, consumida pelo fogo do desejo, o espreitava por meio de uma fresta da porta.

A simples visão de Konath entrando na vasca, ostentando seu falo semirrígido, de generosas proporções, fez ela se contorcer histericamente em um orgasmo que lhe tirou as forças nas pernas.

Em seu quarto, localizado ao lado da sala de banho dos ancillos, Kelaah se preparava para dormir quando ouviu os gemidos contidos de Deknee no corredor. Imediatamente, Kelaah saiu do quarto para saber o que se passava e deparou-se com Deknee arriada no chão ao lado da porta do banho dos ancillos.

– Senhora Deknee, o que faz aqui a uma hora dessas? — sussurrou a ancilla.

– Ajude-me, Kelaah. Minha mãe não pode me encontrar aqui — pediu com voz oscilante.

---

[20] Ba Z't — boa noite, em Drakonês.

Kelaah percebeu o que acontecera assim que notou as roupas de Deknee úmidas de secreção, no meio das pernas.

— Vamos, senhora Deknee, vou ajudá-la a voltar a seus aposentos.

As duas então seguiram em silêncio pelos corredores até a ala dos aposentos dos senhores da casa, entrando para o quarto de Deknee.

— Vamos trocar suas roupas e estas eu vou levar para lavar agora mesmo — falou Kelaah, preocupada.

— *Och'ra,* Kelaah. Por favor, não conte nada a minha mãe — suplicou Deknee.

— Não contarei, senhora. Mas em seu lugar eu estaria mais preocupada com o senhor Aylekh — alertou Kelaah.

— Por favor, guarde este segredo. Não consigo me conter de desejos por O'Thepy. Perco o controle em sua presença. Não sei o que acontece — disse a nervosa Deknee.

— Todos já perceberam isso. Mas a senhora não é a única. Esse homem mexe com os desejos de todos a seu redor. Ele possui um estranho magnetismo no olhar capaz de provocar o descontrole em nossos desejos. É melhor evitar ficar perto dele. Eu evito, de todas as maneiras, até mesmo ser gentil com ele. Sei o que me espera se o senhor Aylekh perceber. O seu irmão é um homem bom e justo, mas implacável com qualquer um que o desafie ou invada seus domínios. Ele é o senhor da casa — lembrou a ancilla, resignada.

— Minha mãe me avisou sobre a ira que Aylekh poderia despejar sobre mim, caso eu me intrometesse em sua relação com O'Thepy.

— Ouça sua mãe, senhora. Ouça sua mãe — aconselhou a ancilla.

— Precisamos nos livrar dele, Kelaah. Não estou conseguindo esconder o que sinto e nem ao menos posso ter esperanças de ser correspondida. Se O'Thepy continuar na casa, será minha desgraça — constatou.

— Confesso que sinto a mesma coisa, senhora — concordou Kelaah.

— Kelaah, você me ajudaria a afastá-lo daqui?

— Tenho medo de provocar a ira do senhor Aylekh, minha senhora — respondeu a escrava, temerosa.

— Não se preocupe. Vou pensar em algum estratagema para nos livrarmos de O'Thepy. Minha mãe ficará fora por cinco dias em viagem a Sagtus. Han'akh a acompanhará. Além de Taryk, só estarão você e Dhea, a nova serva de cozinha, dentro da casa. Até que minha mãe se vá, vou fingir que estou indisposta para não ter de fazer as refeições na sala, entendeu?

– Sim, senhora — respondeu Kelaah.

– Amanhã pela manhã direi que me sinto indisposta quando estivermos fazendo a primeira refeição e você confirma isso e diga que é coisa de mulher, e que me servirá as refeições no quarto, enquanto durar a indisposição.

– Farei isso, senhora — concordou Kelaah.

– Vou encontrar um meio de afastá-lo da casa definitivamente — declarou a ardilosa Deknee. — Pode ir, Kelaah. Vá dormir.

– *Ba Z't*, senhora.

– *Ba Z't*, Kelaah.

Kelaah saiu do quarto de Deknee, levando consigo a túnica úmida dela e se dirigiu à lavanderia. De passagem pela sala de banho dos ancillos, não conseguiu resistir e olhou por entre a fresta da porta.

Konath estava deitado na vasca, seus cabelos negros molhados pingavam de sua cabeça apoiada na borda. A tênue luz das velas revelava partes de suas pernas musculosas que estavam à mostra. Kelaah sentiu um tremor em suas carnes e, subitamente, lembrou-se de que o seu senhor Aylekh poderia matá-la se desconfiasse do desejo que nutria por Konath, e um arrepio de terror fez com que ela apressasse o passo em direção à lavanderia.

Konath terminou seu banho, vestiu-se e foi para seu quarto. Cansado do dia e relaxado pelo banho, não demorou a adormecer. Em seus sonhos se encontrou de novo com a velha senhora que lhe disse, no mercado de ancillos, que ele não estaria sozinho em sua jornada, mas que não confiasse em ninguém, nem em seus Mestres.

– Prepare-se para a parte mais difícil da sua jornada — foi só o que disse a velha Senhora.

Konath caiu em sono profundo.

Capítulo 15

A astuciosa K'thee

Entre as prostitutas e as que se vendem pelo casamento, a única diferença é o preço e a duração do contrato.

(Simone de Beauvoir)

Depois de dois dias de intensas buscas pela floresta Dolph-Yrd e arredores, a escolta do general D'Kurk só encontrou os corpos dos outros soldados que escoltavam o príncipe Konath. E com o retorno do mensageiro sem a notícia da chegada de Konath a Ko-Uruth, o Imperador L'Athos retornou ao palácio de Nay-Hak, cansado e desolado.

Aflita, em meio a seus pressentimentos, a Imperatriz D'aarytha, suspeitava que algo estava errado, mas diante das afirmativas do conselheiro real Yemerk de que o Imperador, seu marido, havia tido uma questão urgente a resolver antes de partirem para as festividades do casamento de Konath em Ko-Uruth, ela aguardava ansiosa a volta do marido. Ao ser informada por Yemerk, sobre a chegada do Imperador, D'aarytha correu ao pátio de armas para saber o que havia ocorrido. Ao se encontrar com L'Athos na entrada do salão principal, a Imperatriz teve um pressentimento sombrio e sentiu um aperto em seu coração, logo que percebeu a expressão de desolação no rosto de seu marido.

– Aconteceu algo com meu filho? — disparou a angustiada soberana, instintivamente.

– Venha comigo, minha querida. Precisamos ter uma conversa — disse L'Athos, abraçando-a carinhosamente.

Sob os olhares inquietos e ávidos dos familiares e da Corte, D'aarytha não pôde conter as lágrimas, enquanto caminhava amparada pelo marido e a filha Yven, seguidos pelas damas de companhia da moça.

71

Nos aposentos de L'Athos, a Imperatriz ficou a par dos acontecimentos e de tudo que havia sido apurado sobre o desaparecimento de seu filho.

— Não posso acreditar! — disse a desesperada soberana aos prantos. Tudo isso me parece irreal. Quem poderia querer mal ao nosso filho, a nós? — indagou a incrédula Imperatriz.

— Estamos envidando todos os esforços para encontrá-lo — afirmou L'Athos, com veemência. — Não vamos perder as esperanças. Amanhã mesmo vou partir para Ko-Uruth para conversar oficialmente sobre o desaparecimento de nosso filho com meu primo, o Imperador do Dragão Preto, Eghanak. Vou pedir ajuda nas buscas por Konath. Tenha esperança, minha querida. Sei que nosso filho está vivo. Vamos encontrá-lo — afirmou.

— Meu coração de mãe me diz que algo terrível aconteceu. Mas me diz também que ele está vivo. Procure-o até encontrá-lo. Prometa-me! — pediu aos prantos, a Imperatriz.

— Nós o encontraremos, minha querida — afirmou L'Athos abraçando a mulher.

Na outra ala do palácio, comemorando o desespero e a desolação dos Imperadores, o ardiloso Mestre Ganyyr e sua amante, a ambiciosa ancilla K'thee, planejavam os próximos passos para a escalada de poder dos traidores.

— O palácio está em polvorosa desde que o Imperador anunciou o desaparecimento do príncipe Konath. Minha senhora está devastada com a notícia da morte do filho, Thuad — afirmou K'thee, ancilla da casa de Thuad. — Seu corpo foi encontrado enterrado na floresta junto aos outros guardas da escolta.

— E sobre o corpo do príncipe? — quis saber Ganyyr.

— Dizem que não foi encontrado. Tenho medo do que possa ter acontecido. Sempre achei que ele tinha algo de estranho — lembrou K'thee.

— Por que você diz isso, K'thee? — perguntou Ganyyr.

— Minha senhora me designou para servi-lo na noite anterior a sua partida para o casamento, a pedido do Imperador L'Athos. Ele é um homem muito bonito e atraente e fiquei até feliz de poder servi-lo. Mas, enquanto fazíamos sexo, seu corpo parecia estranhamente frio. Fico arrepiada até de me lembrar. Não parecia humano.

— Não seja tola, mulher. Mas é realmente estranho não terem encontrado seu corpo junto aos outros — falou Ganyyr em tom pensativo.

– Devo ajudar minha senhora com os preparativos para o Návrat de seu filho Thuad — disse K'thee, em tom sério.

– Isso! Vá! Você deve continuar seus afazeres normalmente. Ninguém pode suspeitar de nossa relação — lembrou-a Ganyyr.

K'thee se vestiu, beijou seu amante e após verificar que não havia ninguém no corredor, saiu do quarto de Ganyyr.

– Em breve teremos outro Návrat — murmurou o cínico Ganyyr, sorrindo maliciosamente após tomar um gole de vinho.

Capítulo 16

A suspeita de roubo

Quem comete uma injustiça é sempre mais infeliz que o injustiçado.

(*Platão – A República*)

Konath acordou mais descansado naquela manhã, apesar de estar pensativo sobre o sonho que teve. Vestiu-se e foi à cozinha fazer sua refeição matinal.

– *Ba yo*, Han'akh. Posso me servir? — perguntou Konath.

– *Ba yo*, O'Thepy. Pode sim. Estou preparando a sala de refeições para os senhores que logo estarão de pé. Não se demore. O senhor Aylekh deve encontrá-lo lá.

– Serei rápido. *Och'ra,* Han'akh.

Antes de seguir para a sala principal, onde esperaria para servir Aylekh e saber das ordens do dia, Konath foi até o pátio interno e, mergulhando as mãos na fonte, jogou água no rosto. Em seguida, olhou sua imagem no reflexo da água e começou a se lembrar do sonho como se o estivesse vivenciando. A mensagem da velha senhora era clara: "Não confie nem em seus Mestres". "Prepare-se para a parte mais difícil da sua jornada".

Nesse momento, um pensamento sombrio veio em sua mente. Teria ele sido vítima de alguma trama por parte de seus Mestres? Mas por quê? Seu destino estava planejado, pensou. O que estava errado nessa história?

Konath ficou tão absorto em seus pensamentos que nem se deu conta da aproximação de Taryk.

– O'Thepy! O'Thepy!

– Taryk! *Ba yo*! — respondeu Konath, voltando à realidade.

– Vá para a sala de refeições. O senhor Aylekh já está de pé. Você deve ficar lá esperando por ele todas as manhãs. Vá! — apressou-o, Taryk.

– *Och'ra,* Taryk. *Och'ra!* — respondeu Konath, enxugando as mãos em sua túnica e saindo apressado em direção à sala de refeições da casa.

Konath passou apressado pela cozinha acessando o corredor principal e chegou à sala principal, onde Han'akh e Kelaah já estavam a postos, pouco antes de Aylekh.

– *Ba yo,* senhor Aylekh! — falou Konath puxando a cadeira para Aylekh se sentar.

– *Ba yo,* O'Thepy. *Och'ra!*

Rhynah entrou na sala seguida por Deknee e sentaram-se à mesa para fazer a primeira refeição do dia.

– *Ba yo,* mãe! Irmã! — cumprimentou Aylekh.

– *Ba yo,* irmão — respondeu Deknee, automaticamente, baixando os olhos para evitar o contato visual com Konath.

– *Ba yo,* meu filho! Tenho um assunto importante a tratar com você, hoje — disse Rhynah, sustentando um tom sério em sua fala.

– Pode falar, mãe — respondeu Aylekh, atento.

– Amanhã estarei de partida para a Ilha Sagtus, preciso visitar o Oráculo de Yn-Thepy.

– E qual o motivo da consulta, mãe? Algum problema? — quis saber Aylekh.

– Nenhum problema, filho. Sua irmã já está em idade de se casar e preciso saber dos presságios do Oráculo para o futuro de Deknee. Falando nisso, é seu dever conseguir um bom marido para sua irmã — lembrou Rhynah.

– Já estive pensando nisso, mãe — respondeu Aylekh, prontamente. — Tenho um pretendente em mente.

– Quem é? Eu conheço? É velho? — perguntou Deknee de sobressalto.

– É um grande amigo meu, da corte de Al-Turun — esclareceu Aylekh. — Chama-se Fhyyr. Já estive sondando-o sobre esse assunto.

– Ele é velho? — insistiu Deknee ansiosa.

– É experiente. Tem só o dobro de sua idade — concluiu.

– O dobro? Então...

– Então é o homem ideal para você — interrompeu Aylekh. — É meu amigo e estreitar laços com Fhyyr, me facilitará a circulação na corte, além de melhorar nossa posição junto aos comerciantes. Está decidido! — sacramentou Aylekh.

– E quando você o trará em casa para conhecermos, filho? — perguntou Rynah com um sorriso de alívio.

– Podemos oferecer-lhe um almoço quando a senhora voltar de Sagtus. O que acha?

– Acho muito bom, meu filho. Estarei de volta em seis dias, no máximo. Han'akh me acompanhará.

– Enviarei um mensageiro a Al-Turun com o convite para Fhyyr.

— Ótimo! — respondeu Rynah.

– Mãe, quero que a senhora leve uma oferta em meu nome ao templo da pirâmide de Ek-rorh. Preciso agradecer aos Provedores os bons lucros que tivemos nesta estação. Os negócios estão indo muito bem — informou Aylekh, satisfeito.

E se virando para Konath:

– O'Thepy, vá até meus aposentos e traga-me um pequeno saco de couro que está dentro do baú azul. Use esta chave.

– Sim, meu senhor — obedeceu Konath, pegando a chave e saindo da sala em direção ao quarto de Aylekh.

Nesse momento os olhos de Deknee brilharam. Ela logo imaginou como poderia afastar O'Thepy definitivamente da casa e mandá-lo para bem longe dali. Olhou para Kelaah, que entendeu suas intenções no olhar e esboçou um sorriso de cumplicidade.

Rhynah, percebendo a troca de olhares das duas, falou:

– Aylekh, durante a minha ausência tomei a liberdade de pedir a Taryk que olhasse pela sua irmã, já que você tem passado os dias fora por conta dos negócios. Fiz mal?

– De jeito nenhum, minha mãe. Taryk já está na casa há muitos anos e é meu ancillo mais fiel. Ademais, Deknee deve ser entregue a seu futuro marido pura, como manda a nossa tradição — lembrou Aylekh, concordando com a fala da mãe.

– Não preciso de ninguém me vigiando — atacou a irmã revoltada com o comentário.

– Quem decide o que você precisa, enquanto for solteira, sou eu. E eu aprovo que Taryk a vigie de perto. Ouviu, Taryk?

– Sim, meu senhor – respondeu Tarik, prontamente.

– Com licença, senhor Aylekh. Aqui está o que me pediu — disse Konath, interrompendo o momento de tensão e entregando um pequeno saco de couro para Aylekh.

– *Och'ra,* O'Thepy!

– Pronto, minha mãe. Aqui está minha oferta ao templo. São nove drakons de ouro. Assim que puder irei pessoalmente até lá agradecer aos provedores — acrescentou Aylekh.

– É sempre bom, meu filho. É sempre bom.

– O'Thepy, amanhã pela manhã quero que prepare os cavalos para o transporte — ordenou Aylekh. — Deixaremos minha mãe no porto de Ò-Huk a caminho da cidade. Sairemos uma hora após a primeira refeição.

– Sim, senhor Aylekh.

– Vou me preparar para a viagem — avisou Rhynah. Tenha um bom dia de trabalho, meu filho.

– *Och'ra,* minha mãe.

Logo que Aylekh e Rhynah saíram da sala, Kelaah se aproximou de Deknee.

– Já sei o que fazer para mandar O'Thepy para longe daqui para sempre, Kelaah, e você irá me ajudar — disse Deknee, com uma expressão maligna no rosto.

– Percebi em seu olhar, senhora. No que está pensando? – quis saber a ancilla.

– Amanhã, após a primeira refeição, vá até a cozinha e prepare um lanche para O'Thepy. Passarei na cozinha em pouco tempo para lhe deixar um presentinho que você colocará no fardo dele, quando for colocar o lanche, sem que ele perceba.

– Entendi. Farei isso, minha senhora — respondeu Kelaah.

– Resolverei dois problemas de uma só vez. Meu irmão ficará tão irado e decepcionado com O'Thepy que se esquecerá por um bom tempo de me arranjar um velho como marido — pensou a maliciosa Deknee enquanto caminhava silenciosamente até o quarto de sua mãe onde entrou sem ser percebida. Em cima da cômoda, o saco de couro com as moedas de ouro destinadas a oferta de Aylekh ao templo jazia desprotegido. Deknee rapidamente abriu o saco e retirou três moedas, fechando o saco e saindo do quarto em seguida, sem que sua mãe percebesse. Apressadamente, dirigiu-se à cozinha onde sua cúmplice Kelaah a esperava.

– Tome. Amanhã pela manhã ponha isso no fardo de O'Thepy sem que ninguém veja. Depois, espere até que ele e meu irmão cheguem ao pátio e lhe entregue o lanche. Darei um jeito de meu irmão descobrir o que O'Thepy supostamente fez – disse Deknee, com expressão maligna no rosto.

– Ele irá para a prisão Tal-Rek, minha senhora – avisou Kelaah, assustada.

– Exatamente! E de lá não mais sairá. Assim ficaremos livres para sempre de sua presença nesta casa – disse friamente.

– Tem certeza de que é isso mesmo que quer fazer? – perguntou a incrédula ancilla.

– Sim. É uma questão de sobrevivência. Se meu irmão souber que me sinto desesperadamente atraída por O'Thepy, certamente me expulsará de casa e cairei em desgraça, pelo simples fato de sentir desejo por um ancillo. E não me julgue! Estou salvando sua pele também. Esteja certa de que ninguém a veja! – concluiu Deknee.

– Sim, minha senhora.

No dia seguinte, no horário da primeira refeição, Kelaah avisou a sua Senhora, Rynah, que Deknee não desceria, pois estava indisposta e pediu que ela levasse seu desjejum no quarto. Após servir a primeira refeição, Kelaah saiu da cozinha pelo pátio interno e atravessou os jardins, passando pelo corredor onde está localizada a entrada do depósito de suprimentos. Depois de se certificar de que não havia ninguém por perto, seguiu até o pátio principal, e ao sair do corredor quase trombou de frente com Taryk.

– Oh! Ba yo, Taryk! – cumprimentou assustada.

– Ba yo, Kelaah. Assustei você? – perguntou Taryk, notando o susto da ancilla.

– Sim. Quer dizer, não. Não esperava encontrá-lo – respondeu Kelaah, nervosamente.

– Eu estava preparando o transporte do senhor Aylekh. E você? O que faz aqui? – perguntou Taryk.

– Vou ao jardim colher flores para o quarto de minha senhora, Deknee. Ela me pediu – disse a ancilla disfarçando a tensão e dirigindo-se ao jardim de rosas localizado ao lado da entrada do pátio principal, próximo ao muro de pedras.

Taryk achou estranha a atitude de Kelaah, olhou-a afastando-se em direção ao jardim do pátio, mas depois entrou na casa para terminar suas tarefas.

Assim que notou que estava sozinha no pátio, ainda com as carnes trêmulas de medo de ser pega em flagrante, Kelaah chegou até o transporte e escondeu as moedas roubadas no fardo de Konath conforme havia ordenado a ardilosa Deknee. Em seguida, a serva voltou a se ocupar de colher as rosas para corroborar o seu álibi, enquanto aguardava que Aylekh e seu ancillo saíssem ao pátio. O que aconteceu depois de angustiantes minutos de espera.

— O'Thepy! — chamou a dissimulada escrava.

— Sim, Kelaah — respondeu Konath.

— Fiz um lanche para você. Sei que ficará o dia inteiro fora e poderá sentir fome — disse a serva entregando a Konath uma trouxa com o lanche enquanto segurava um maço de rosas na outra mão.

— *Och'ra*, Kelaah. É muita gentileza sua — agradeceu Konath, sinceramente surpreso.

— Não precisa agradecer — falou Kelaah, sem conseguir olhar diretamente para Konath, e saiu em seguida em direção à cozinha.

Por um momento, Konath teve um pressentimento de que algo ruim aconteceria. Mais uma vez veio em sua mente a lembrança das palavras da velha senhora do seu sonho: "Não confie em ninguém". Konath então abriu o embrulho do lanche e viu que eram só frutas e pão. Tornou a embrulhar as frutas e as colocou em seu fardo. Nesse momento, Deknee saiu ao pátio para falar com Aylekh.

— Meu irmão, desculpe-me por não ter estado presente na hora da refeição, mas me senti indisposta. Posso lhe pedir um favor?

— Se estiver ao meu alcance... Fale! O que quer? — perguntou Aylekh sem dar muita atenção.

— Gostaria de fazer uma oferta ao templo também, para pedir aos Provedores que eu seja feliz com meu futuro marido — disse a dissimulada jovem. — Pode me dar uma moeda para que eu coloque neste saco com meu pedido?

— Já estamos de saída! Vou me atrasar se tiver de voltar aos meus aposentos agora. Por que não me pediu isso antes? — retrucou Aylekh, irritado.

— Não precisa pegar em seus aposentos. Dê-me uma das moedas do saco que pediu à mamãe para entregar por você. Por favor! Só uma?! — insistiu a perversa.

– Está bem! Pelo seu casamento. Afinal é meu interesse também. Pode dar uma moeda a ela, mãe — consentiu Aylekh.

– Obrigada, irmão.

Deknee aproveitou que Rhynah estava abrindo o saco de moedas de Aylekh e fingiu tropeçar, derrubando o saco de moedas na frente de Aylekh.

– Oh! Desculpe, mamãe. Eu pego. Pronto! Uma moeda para minha oferta e aqui estão as cinco moedas de Aylekh.

– Havia nove moedas em meu saco de ofertas — afirmou Aylekh, em tom sério.

– Eu só peguei uma, irmão. Veja! — mostrou Deknee.

Aylekh vira-se para Konath e dispara:

– O'Thepy! Havia nove moedas de ouro no saco quando eu mandei você buscar.

– Meu senhor, eu lhe entreguei o saco do jeito que tirei do baú azul — respondeu Konath, sem entender o que estava acontecendo.

– Está me chamando de mentiroso, O'Thepy?

– Não, meu senhor.

– Então o que você acha que aconteceu? Está insinuando que algum outro ancillo me roubou? — inquiriu Aylekh, já furioso, alterando a voz.

– Não, senhor. Mas eu não peguei nada — disse Konath sem entender o que aconteceu.

Seguindo seu plano, Deknee derruba propositalmente o fardo de Konath, denunciando o barulho das três moedas.

Aylekh apanha o fardo de Konath e o abre, encontrando lá as três moedas de ouro faltantes. Num acesso de ira, Aylekh esbofeteia Konath violentamente, derrubando-o.

– Seu miserável ladrão! Paguei uma fortuna por você. Tirei você daquela vida de miséria e o trouxe para minha casa, onde foi bem tratado desde o primeiro dia. Como pôde trair minha confiança dessa maneira vil? — esbravejava Aylekh, inconformado.

– Eu não sei como essas moedas foram parar em meu fardo, meu senhor. Eu juro! — afirmou Konath, atônito com o que estava acontecendo.

– Vou mandá-lo para onde você vai terminar os seus dias. Junto com aqueles iguais a você. Taryk! Taryk! — gritou revoltado.

– Sim, meu senhor Aylekh.

– Amarre este ladrão infeliz e coloque-o em cima do cavalo. Levarei ele pessoalmente à prisão de Tal-Rek onde pagará pelo prejuízo que tive quando o comprei.

– Sim, meu senhor.

– Suba no transporte minha mãe e vamos embora. Hoje voltarei tarde para casa — disse Aylekh, transtornado.

Rynah ficou muito nervosa, não conseguiu entender o que aconteceu, mas desconfiou de que havia um dedo de Deknee em toda aquela situação. Olhou para sua filha com olhar de reprovação de quem sabia da culpa da jovem, mas resolveu calar-se, pois sabia que criaria uma situação muito séria a qual levaria à desgraça sua única filha.

Dois ancillos abriram os portões do pátio principal deixando passar o irado Aylekh, acompanhado pelo transporte de sua mãe e um ancillo a cavalo conduzindo Konath amarrado.

Dessa vez, parecia não haver saída para o desgraçado Príncipe. Todos conheciam a fama da prisão Tal-Rek. Ninguém que entrasse lá como condenado sairia vivo.

Capítulo 17

O desalento da Princesa

Quanto mais elevado é o espírito mais ele sofre.

(Arthur Schopenhauer – As Dores do Mundo)

No palácio de Ko-Uruth, o clima de tristeza tomou conta do coração da jovem princesa Daryneh.

– Meu pai, não posso acreditar no que está acontecendo. Por que a caravana de meu noivo foi atacada? Quem desejaria mal a ele? — perguntou aflita e desolada, a princesa.

– Ainda não há nenhuma explicação, minha querida. Neste momento o Imperador L'Athos está em busca de respostas tanto quanto nós. Enviei meus melhores soldados para Nay-Hak para acompanhar as buscas pelo jovem príncipe Konath. Esteja certa de que não descansaremos até encontrá-lo.

– Eu estava tão feliz. Não consigo entender tanta violência, tantas mortes. Por que os Provedores deixam que coisas assim aconteçam? — indagou a desolada princesa, enquanto enxugava as lágrimas que desciam pela sua face.

– Daryneh, você ainda é muito jovem para entender as razões dos homens, minha querida. E quanto às razões dos Provedores, devemos apenas aceitá-las. Há sempre um objetivo oculto aos nossos olhos que só entenderemos no final da jornada, e a jornada de vocês está apenas no início. Procure ser forte, como a sua mãe sempre foi. Você tem sangue de guerreira nas veias e uma rara combinação de aparência frágil com uma força interior sem igual. Eu consigo enxergar muito de sua mãe em você, Daryneh — consolou.

– Tentarei ser forte, meu pai. Mas não me conformarei em apenas aceitar os desígnios dos Provedores — respondeu Daryneh, com um misto de tristeza e revolta na voz.

– Essa é a minha menina — disse o Imperador Eghanak abraçando-a carinhosamente.

Capítulo 18

Prisão e tortura

O destino baralha as cartas, e nós jogamos.

(Arthur Schopenhauer – Aforismos sobre a Sabedoria da Vida)

A chegada ao Porto foi a primeira etapa de tortura para Konath que durante todo o caminho permaneceu amarrado desconfortavelmente ao lombo de um cavalo. O porto de Ò-Huk era um dos mais movimentados das terras do Dragão Preto, pois estava localizado bem ao fundo da Baia Negra, bem próximo do mercado de ancillos de mesmo nome. Do cais, se podia avistar o topo do extinto vulcão Gokkur que possuía uma enorme cratera, dentro da qual estava localizada a prisão Tal-Rek, o local mais temido pelos criminosos, e destino de Konath.

Depois de deixar sua mãe no porto de Ò-Huk, Aylekh seguiu direto para os portões da prisão de Tal-Rek, atravessando a floresta por uma estrada secundária que beirava o contorno da montanha vulcânica até os portões da prisão, localizada na face oeste da montanha. Durante todo o trajeto, manteve a expressão severa em seu rosto. Um misto de ódio e decepção com O'Thepy, em quem apostou que seria uma ótima aquisição e acabou por se revelar a maior decepção dos últimos tempos. Ao chegarem aos portões da prisão, foram parados pelas sentinelas.

– Parem! O que querem aqui? — interpelou o guarda da porta de entrada da Prisão Tal-Rek.

– Venho trazer um ancillo que me roubou para ser preso e julgado pelo seu crime — respondeu Aylekh.

– E quem é você? — perguntou o guarda.

– Aylekh, de Ey-Yo. Agricultor e comerciante.

– Pode passar. Leve-o até a chancelaria para registrar sua denúncia e entregar o maldito ladrão ao carcereiro — orientou o sentinela.

83

Na chancelaria, Aylekh fez a denúncia contando o ocorrido e com um último olhar de decepção, entregou Konath ao carcereiro-mor e administrador de Tal-Rek, Ytheron.

– Vamos, rapaz! Seja bem-vindo à sua última morada — disse o carcereiro cinicamente.

– Espere! — gritou Aylekh abrindo a pulseira de ancillo de Konath, e arrancando-a com tamanha violência que acabou por feri-lo.

Konath não esboçou mais nenhuma reação. Estava exausto e com o corpo todo dolorido de tantas horas amarrado ao lombo de um cavalo.

– Você não é mais nada — concluiu o irado comerciante, cuspindo no rosto de Konath, antes de dar as costas e sair apressado pela porta da chancelaria.

A humilhação pública pela qual vinha passando todos esses últimos dias, o turbilhão de emoções e, por último, a calúnia e a acusação de roubo esgotaram as forças de Konath. A esperança de poder se comunicar com seus pais e seus mestres se acabava ali. Com as mãos amarradas, enquanto descia as escadas até o segundo subsolo onde estavam localizadas as celas dos condenados recém-chegados, Konath sentia cada passo que dava em direção a seu fim. Tudo naquele lugar cheirava a morte. O desânimo e a desesperança só aumentaram mais quando finalmente chegaram ao pátio das celas, onde uma enorme mesa quadrada esculpida na pedra da cratera exibia manchas de sangue fresco, indicando execuções recentes de condenados. Nada mais restava para ele, pensou o desolado príncipe. Até mesmo a esperança o havia abandonado ao seu próprio infortúnio.

– Entre aí. Essa é sua nova casa, até o seu julgamento — falou o carcereiro empurrando-o com o pé, para dentro da cela fétida e escura.

A única luz que havia era a das três tochas que iluminavam o pátio central, deixando bem evidente a temível mesa de pedra vulcânica, onde os prisioneiros eram torturados. Konath cambaleou até um catre imundo encostado na parede e desabou exausto. O aperto no peito provocou lágrimas de desesperança em um choro copioso e fraco, até que o cansaço o venceu. Dormiu.

Na manhã seguinte, Konath foi acordado pelo barulho dos gritos que ecoavam sinistramente vindos do corredor das celas. Assustado, com o coração acelerado a sobressalto, levantou-se e foi até a minúscula janela da porta da cela para olhar por entre as grades.

– Pelos Provedores eu suplico! Eu sou inocente! — gritava o desesperado condenado.

Foi então que o príncipe viu um homem de cerca de 30 anos de idade sendo arrastado por dois carrascos seguidos do carcereiro Ytheron em direção aos instrumentos de tortura, os quais ficavam estrategicamente no meio do pátio, ao redor da sinistra mesa de pedra, bem no centro do salão das celas, onde os infelizes presos tinham uma visão propositalmente privilegiada de toda a sorte de martírios que eram infligidos aos desafortunados condenados.

– Isso é desumano — murmurou Konath apavorado com o porvir.

Muitos prisioneiros enlouqueciam pelo simples fato de presenciarem as mais diversas crueldades praticadas contra os seus congêneres, imaginando quando chegaria a sua hora de serem torturados das mais diversas maneiras, antes de receberem o benefício da morte.

– Minha vida não pode terminar assim — pensou o príncipe enquanto assistia perplexo o pobre homem ser torturado sem dó.

Após ameaçarem acorrentar o infeliz a uma mesa esticadora — o que fez com que o horrorizado homem urinasse de medo —, os asquerosos carcereiros o debruçaram sobre a mesa de pedra e, rasgando violentamente seus andrágios, deixaram-no completamente nu, iniciando uma seção de pancadas intercaladas com violentas e seguidas penetrações, que fizeram o infeliz homem gritar de dor até a exaustão, enquanto era sistematicamente estuprado sem dó pelos três carrascos, que dessa maneira tiravam dele qualquer vestígio de dignidade que por ventura pudesse ainda existir.

– Malditos desgraçados — gritou o príncipe sem conseguir se controlar diante de tanto horror.

– Não se preocupe — bravejou um dos guardas. — Sua hora vai chegar logo — completou o perverso torturador.

Os algozes submeteram o homem a vários tipos de tortura, enquanto lembravam-no os motivos pelos quais ele ali se encontrava. Primeiramente, o amarraram ao pelourinho, onde o pobre diabo foi chicoteado até desmaiar. Após o tirarem do tronco, desmaiado e coberto de sangue, jogaram o corpo inerte do condenado dentro de uma vasca de madeira cheia de água suja para despertá-lo. Por último, acorrentaram o infeliz na mesa esticadora, onde ele deu seus últimos gemidos, enquanto suas articulações eram separadas cruelmente levando-o à morte.

Konath estava desesperado e desolado com a miséria humana. Não conseguia conter os tremores de horror que percorriam todo o seu corpo após ter presenciado tamanho desrespeito a condição humana. Aquela prisão fétida e insalubre, conhecida como "o fundo do poço", era sem dúvida o pior lugar que existia em toda Ehh-Katyyr. A inscrição em drakonês na entrada da prisão resumia exatamente o que era aquele local:

Dok torki on sahot[21].

O príncipe voltou ao catre, sentindo-se nauseado e sem conseguir pensar, o vômito lhe subiu a garganta e o fez agachar-se no canto da cela onde vomitou à exaustão. Quando se refez, ainda trêmulo, percebeu que ao silenciar os gritos do torturado, cujo corpo jazia sem vida sobre a mesa de pedra, restara apenas o burburinho e o choro dos outros presos, além dos barulhos de correntes e da conversa dos carrascos e carcereiros. Uma normalidade sinistra.

Mais tarde, quando um ancillo veio trazer a lavagem nojenta que serviam como comida aos presos, Konath estava deitado no catre, com os olhos fixos no vazio.

– Essa é a sua ração, ladrão. Aproveite bem, enquanto não chega o dia de seu julgamento — falou com nojo, o guarda. — Em alguns meses seu destino será resolvido — completou o asqueroso.

Após várias semanas naquela horrível prisão, Konath permanecia com a expressão estática no rosto. Havia emagrecido muito, sentia-se muito fraco, sua barba crescera e sentia-se vazio, anestesiado, sem esperanças. Com o passar do tempo, pouco a pouco os barulhos e os gritos dos torturados foram silenciando em sua mente, até se tornarem imperceptíveis. Parecia estar em um pesadelo sem fim de um sono profundo.

Mais de um mês se passou até que, uma noite, mais uma vez, começou a sonhar com a velha senhora que viu pela primeira vez no mercado de escravos. Dessa vez, a velha senhora chegou-se diretamente a ele e disse:

"Você chegou à fronteira do seu destino Konath. Está na hora de você saber que possui habilidades que poderá usar para alcançar os objetivos aos quais está predestinado. Nada do que eu disser agora poderá ser revelado a quem quer que seja, pois o que você está recebendo agora é uma dádiva dos Provedores. Saiba que de agora em diante você poderá penetrar a mente dos outros humanos para buscar toda a informação que precisar para alcançar seus objetivos. Juntamente com o seu poder natural de sedução sobre os outros de corpo denso, esta será sua arma mais poderosa. Use-a com sabedoria. Lembre-se de que a humildade é muito importante em um momento de convicção."

---

[21] Dok torki on sahot — aqui acaba a sua história.

Capítulo 19

A desesperança do Imperador

A alma resiste muito mais facilmente às mais vivas dores do que à tristeza prolongada.

(Jean-Jacques Rousseau)

Mais de um mês havia passado sem que qualquer notícia sobre o príncipe Konath pudesse trazer alento aos corações de seus pais e de sua irmã, a sacerdotisa Yven. O Imperador L'Athos estava apático, vivia silencioso perambulando pelos jardins do palácio de Nay-Hak. Sua mulher, a Imperatriz D'aarytha passava dias recolhida em seus aposentos, muitas vezes sem sequer aparecer na varanda para ver a luz do dia.

— Não sei o que fazer para trazer algum alento para meus pais — disse Yven para Rhannah, a ancilla pessoal de sua mãe.

— Nada que disser trará consolo aos corações de seus pais princesa. A dor da perda de um filho é muito profunda e difícil de cicatrizar. Quem sabe o tempo os ajude a seguir adiante com suas vidas? — sugeriu a escrava.

Yven estava desolada por ter de deixar seus pais sozinhos naquele estado, mas tinha de retornar à sua vida de sacerdócio no templo Epta Balance, mesmo com o coração apertado por não saber notícias do irmão. Não haveria a cerimônia do Návrat de Konath, pois não conseguiram encontrar seu corpo.

— Mamãe, eu sei que é muito difícil, mas tente reagir. Eu sei que já faz muito tempo, mas enquanto não encontrarem o corpo de meu irmão, há esperanças. Devemos nos ater a possibilidade de que ele ainda esteja vivo.

— A tristeza que tomou conta de meu coração é muito grande, filha. Não tenho forças para afastá-la — respondeu a imperatriz, com voz fraca.

— Não diga isso. Sei que meu irmão está vivo. Sinto isso. E sei que a senhora sente também. Ele voltará para nós. Temos de nos manter fortes para poder recebê-lo em sua volta — disse Yven, tentando animar a mãe.

– Você está certa Yven, mas meu coração está em pedaços. Não encontro uma maneira de juntá-los — disse a imperatriz com voz embargada.

– Pense que meu pai precisa de você. Vocês precisam um do outro. O povo precisa de vocês. Tenho de voltar ao templo hoje. Minha escolta me espera. Voltarei assim que puder para visitá-los ou assim que tiverem notícias de meu irmão.

– Vá, minha querida. Quando tivermos notícias mandarei avisá-la imediatamente. Faça boa viagem — desejou a imperatriz.

Atento às movimentações do palácio, o traidor Ganyyr observava da sacada de seus aposentos enquanto a escolta de Yven deixava o pátio de armas pela saída principal.

– Finalmente a princesa se foi — suspirou aliviado, Ganyyr. — Agora devo pôr em prática a segunda parte de meu plano. Farei com que os soberanos se sintam tão miseráveis com a perda do filho que ficarão incapazes de lidar com as questões do império — disse o maldito, à sua amante.

– E como fará para assumir o poder? — perguntou a ardilosa K'thee.

– Muito simples, minha querida. Com a morte do príncipe Konath, o próximo homem de linhagem real é o príncipe Daryn que, sendo apenas uma criança, precisará de um tutor para ajudá-lo a governar até que atinja a idade adulta — explicou Ganyyr.

– Mas o Imperador L'Athos ainda está vivo. Você planeja matá-lo? — perguntou assustada a ancilla.

– Há outros meios de afastá-lo do trono, mas isso não é assunto que lhe diga respeito, mulher. Volte para seus afazeres! E fique atenta a qualquer informação que me seja útil. Vá!

K'thee saiu do quarto do traidor obedecendo-o, mas pensando no dia em que, após conseguir sua liberdade, se livraria daquele odioso homem. Absorta em seus pensamentos, a ancilla não se deu conta de que Rhannah, a ancilla pessoal da imperatriz, a estava observando, quando deixou o quarto do Mestre Ganyyr.

Capítulo 20

Percepção dos poderes

As pessoas comuns pensam apenas como passar o tempo. Uma pessoa inteligente tenta usar o tempo.

(Arthur Schopenhauer)

Konath acordou na manhã seguinte sentindo-se estranhamente revigorado. Apesar de não ter comido a "lavagem" que o serviram no dia anterior, não sentia fome. Deitado em seu catre, sentiu uma espécie de energia renovadora percorrer seu corpo, em um movimento de subida e descida que trazia uma sensação de estar sendo acariciado pelas ondas do mar. As vozes que vinham de fora de sua cela chegavam-lhe estranhamente mais claras. Levantou-se e foi até as grades da cela de onde podia ver o movimento externo. Lembrou-se do sonho e das palavras da velha senhora e fixou seu olhar em um dos carcereiros que cuidava de limpar os instrumentos de tortura depositados na grande mesa de pedra que ficava no centro do pátio. A pouca iluminação que a área recebia era provida pela passagem dos três sóis de Ehh-Katyyr, ao longo do dia. Descobriu que, estranhamente, podia ouvir os pensamentos do carcereiro claramente. Nesse momento, percebeu que o sonho foi o veículo utilizado pelos Provedores para socorrê-lo. Entendeu então que nunca esteve sozinho.

Fixando sua mente nos pensamentos do carcereiro, Konath o induziu a trazer pão e água de sua ração, o que ele fez sem hesitar. Em seguida, Konath apagou da lembrança do carcereiro esse fato para preservar seu segredo. Passou o dia entrando nos pensamentos dos outros carcereiros e carrascos, e até mesmo dos outros presos, descobrindo que, como ele, muitos eram inocentes.

O príncipe se sentiu fascinado pela possibilidade de ter acesso a informações, sentimentos, medos e desejos que permeavam o íntimo dos outros. Se deu conta de que esse poder que lhe foi dado pelos Provedores seria a chave para sua liberdade e, imediatamente, começou a pensar em um plano para fugir daquele inferno.

Em uma cela na posição diagonal direita a sua, Konath pôde ouvir os pensamentos de um homem que, assim como outros, não tinha culpa das acusações que lhe foram imputadas. Seu nome era Zelah. Era um jovem homem que fora abduzido da Terra, de cerca de 28 anos, com boa compleição física, de pele morena e olhos cor de mel. Seu registro Akáshico[22] da vida anterior à abdução também foi facilmente revelado a Konath. O homem era um catalão de sangue quente, que havia chegado pelo portal de Zyth-An e fora designado a servir como ancillo no castelo de Path-Zug, nas terras do Dragão Branco. Konath pôde sentir a tristeza do jovem e sua solidão ali naquele inferno. Depois de passar um tempo analisando as informações contidas na mente do rapaz e, sentindo simpatia por ele, introduziu em seus pensamentos memórias de momentos felizes, para consolá-lo.

O barulho de passos na escadaria de acesso ao pátio das celas chamou a atenção de Konath que vislumbrou uma silhueta familiar seguindo em direção à sala da carceragem que ficava no piso superior ao do pátio das celas.

Dois homens com vestimentas parecidas com as utilizadas pelos Mestres entraram na sala do carcereiro-mor, Ytheron.

Konath tentou em vão acessar a mente daqueles homens, mas a distância e a falta de contato visual não o deixavam alcançá-los. Além disso, os Mestres e Guardiões tinham uma proteção energética contra esse tipo de ataque psíquico, que recebiam em seu treinamento, nos laboratórios da Ilha Hy-Brazil.

Quase uma hora se passou até que os dois homens saíram da sala de Ytheron, apertaram as mãos se despedindo e subiram as escadas em direção à saída.

Pouco depois, Ytheron saiu de sua sala e começou a descer as escadas em direção ao pátio das celas. Era um homem alto e viril, e seus braços fortes e peludos indicavam que era oriundo das terras ao sul do Império do

---

[22] Registro Akáshico – na teosofia e na antroposofia, os Registros Akáshicos são um compêndio de todos os eventos, pensamentos, palavras, emoções e intenções humanas que já ocorreram no passado, no presente ou no futuro. Os teósofos acreditam que eles são codificados em um plano de existência não físico conhecido como plano etérico. Disponível em: https://pt.wikipedia.org/wiki/Registros_akáshicos.

Dragão Preto. Sua cabeleira longa e um pouco grisalha, trançada até ao meio da cabeça, era uma tradição da região africana da Namíbia, que lhe imprimia um charme rústico, e seu porte imponente e passadas pesadas imprimiam respeito à sua figura.

Quando Ytheron passava em frente à cela do homem da Terra, que ficava logo ao lado da escada de acesso ao segundo piso, Konath pôde acessar os pensamentos do carcereiro e descobriu que ele vinha buscá-lo. Imediatamente um frio percorreu sua espinha fazendo seu coração acelerar. Descobriu que Ytheron recebera a ordem de matá-lo!

O príncipe cativo imediatamente tirou da cabeça do carcereiro esse pensamento e rapidamente implantou em sua mente o desejo de ter intimidade com ele. Konath foi introduzindo memórias de sexo prazeroso com homens na mente de seu algoz de maneira a direcionar seus pensamentos para, tendo ele uma posição privilegiada como carcereiro-mor, ser capaz de usar sua autoridade para servir-se sexualmente dos detentos que quisesse. E naquele momento, em sua memória implantada, ele queria Konath.

Ytheron chegou até a cela de Konath, encarou-o e sorriu maliciosamente. Mais uma vez, a esperança voltou à mente do Príncipe, só que desta vez ele já era outro homem.

– Você é O'Thepy, certo? — perguntou o carcereiro-mor, com olhar malicioso.

– Sim, senhor carcereiro — respondeu Konath com sorriso convidativo.

– Me chame de Ytheron. Vim ter uma conversa com você.

E, abrindo a cela, Ytheron entrou olhando fixamente para Konath fechando a porta e a janelinha da grade. Nesse momento, a mente do carcereiro já estava totalmente dominada pelo príncipe. Sem mais palavras, os dois se enlaçaram em um abraço forte e, enquanto se beijavam, Ytheron acariciou as coxas, agora um pouco magras, do príncipe e apertou fortemente suas nádegas puxando o corpo dele de encontro ao seu fazendo com que ele sentisse a pressão latejante do volume do seu pênis.

Depois de um curto momento de carícias ousadas, Konath deixou que Ytheron o submetesse e o penetrasse, enquanto sugava como um íncubo as forças do carcereiro. Antes que Ytheron entrasse em gozo, Konath o fez parar e ajoelhar-se, submetendo-o a uma longa sessão de sexo oral. Em seguida, penetrou Ytheron longa e furiosamente, enquanto agarrava sua cabeleira e mantinha sua boca fechada para abafar o som dos gemidos. Sem controlar a excitação, o carcereiro explodiu em um gozo animal que fez seu corpo sacudir fortemente, seguido do êxtase de Konath, que continuava penetrando-o selvagemente enquanto gozava.

Exausto e com as carnes ainda trêmulas, Ytheron deitou-se no catre totalmente dominado.

Konath, saciado de sexo e energizado com as forças do carcereiro, aproveitou-se do momento para deitar-se ao lado dele e vasculhar sua memória em busca de respostas. Conforme ia acessando as memórias de Ytheron, descobriu que seu julgamento aconteceria em dois dias, mas que depois da visita dos dois homens, o carcereiro havia recebido dinheiro para matá-lo imediatamente, sem fazer perguntas.

Konath tentou descobrir se Ytheron sabia a identidade dos homens, mas a única informação que conseguiu foi de que aqueles que vieram encomendar a sua morte haviam sido enviados pelo Imperador Tyrko, e eram Mestres ordenados.

Intrigado, Konath ficou pensando: o que o Imperador das Terras do Dragão Branco ganharia com sua morte? Como descobriu que ele estava preso em Tal-Rek? E quem seriam aqueles mestres?

– O'Thepy.

– Sim, Ytheron.

– Isso tudo foi maravilhoso! Nunca havia tido tamanho êxtase sexual antes de encontrá-lo — declarou Ytheron, surpreso.

– Eu também estou muito satisfeito com nosso encontro — respondeu Konath. — Sinto-me saciado.

– Posso visitá-lo amanhã à tarde novamente? — perguntou Ytheron.

– Estarei ansioso esperando sua visita. Você sabe que sou inocente, não sabe Ytheron? — perguntou Konath, sugestivamente.

– Sim, claro. Sua prisão foi injusta — afirmou o carcereiro-mor, sem hesitar.

– Precisamos pensar em como você fará para me tirar daqui — sugestionou-o Konath.

– É impossível sair daqui vivo, O'Thepy — disse Ytheron.

– E como faremos para que eu saia daqui vivo? — insistiu Konath.

– Pensarei em uma solução. Amanhã à tarde, quando eu vier visitá-lo, já terei um plano para tirá-lo daqui.

– Preciso que você liberte também o meu amigo Zelah. Precisarei dele quando sair daqui. Agora quero que traga boa comida para mim e para ele. Precisaremos de nossas forças, quando fugirmos daqui. Agora vá, e não fale com ninguém sobre a nossa conversa — disse Konath incisivo, reafirmando na mente dominada de Ytheron a ideia da fuga.

Ytheron saiu da cela de Konath e voltou ao andar superior. Entrando na cozinha da prisão, enrolou pães em panos e pegou uma moringa de água e dois copos. Passou na cela de Zelah deixando pães e um copo cheio de água, atitude que deixou o prisioneiro atônito. Em seguida, voltou até a cela de Konath.

– Esta é para você, O'Thepy — disse o carcereiro, entregando a Konath uma moringa com água fresca e pão.

– Obrigado, Ytheron.

– Tudo o que você quiser, O'Thepy — declarou o carcereiro.

Konath sentindo uma nova ereção, disse:

– Eu sei que você fará tudo o que eu quiser, Ytheron. Entre aqui na cela, agora — ordenou Konath firmemente.

– Sim, O'Thepy — respondeu Ytheron sem vacilar, entrando na cela imediatamente.

– Ajoelhe-se! Faça o que você sabe bem! — ordenou Konath com atitude vingativa. — E não lhe dou permissão de gozar, entendeu? — disse Konath, dando uma bofetada de leve em cada lado da face de Ytheron.

Com sua mente totalmente dominada pela vontade de Konath, Ytheron obedeceu e cedeu aos caprichos do príncipe.

Depois de submeter Ytheron aos seus caprichos sexuais, Konath o dispensou e mandou que ele voltasse ao seu novo trabalho, ou seja, planejar como os tiraria dali vivos e sem despertar suspeitas.

Capítulo 21

Planejando a fuga

Enquanto houver vontade de lutar haverá esperança de vencer.

(Santo Agostinho)

Konath já estava acordado quando o dia amanheceu. A excitação do dia anterior e a expectativa de fuga permearam os seus sonhos e o mantiveram alerta até bem tarde na noite anterior. Apesar da sensação de controle da situação, pelo fato de conseguir acessar a mente dos outros e controlar seus desejos, o príncipe ainda permanecia tenso.

Estava pensando sobre o que fazer após a fuga. De uma coisa estava certo: seguiria para as terras do Dragão Branco. Era lá que certamente encontraria as respostas para tudo o que havia acontecido a ele nesse período de mais de um mês, desde que deixara o Palácio de Nay-Hak para se casar.

Estava absorto em seus pensamentos quando um carcereiro abriu a portinhola baixa de sua cela e empurrou para dentro a papa de aveia intragável que era servida como desjejum. Konath pensou em dominar a mente do carcereiro e obrigá-lo a trazer pão e queijo de sua própria refeição para que ele comesse, mas resolveu não o fazer para não levantar suspeitas entre algum outro carcereiro que percebesse a estranha atitude do colega.

Ao invés disso, Konath penetrou a mente de Zelah e começou a prepará-lo para o que estava por vir. Fez o terráqueo achar que era seu ancillo pessoal e que já o servia havia alguns anos. Como seu ancillo, Zelah devia-lhe total obediência e lealdade. Em seguida Konath o colocou a par do plano de fuga e de como deveria proceder a partir de então para não despertar suspeitas.

A fuga teria de ser de uma maneira que satisfizesse o que os mandatários de sua morte pediram a Ytheron, para não despertar suspeitas de que ele ainda estivesse vivo.

Terminada a programação da mente de Zelah, Konath comeu seu dejejum e colocou o prato de volta em frente à portinhola para ser recolhido. Depois disso, ele voltou a se deitar em seu catre e começou a pensar como faria quando chegassem ao porto de Stur-Yh, de onde pretendia embarcar para as terras do Dragão Branco. Assim adormeceu.

– Boa tarde, O'Thepy.

Konath acordou com a voz de Ytheron pronunciando o nome que lhe foi dado por Aylekh.

– Entre, Ytheron. E então? Já sabe como vai nos tirar daqui? — perguntou Konath, ansioso.

– Sim, O'Thepy — respondeu o carcereiro-mor, com um sorriso nos lábios.

– Como eu lhe disse anteriormente, só se sai daqui morto. Então pensei em colocar você e Zelah enrolados nas mortalhas de dois dos prisioneiros que serão executados amanhã pela manhã. Depois, colocarei os corpos deles em suas celas para serem achados no dia seguinte. Isso dará a vocês um dia de vantagem para chegarem ao porto de Stur-Yh. Depois...

– Depois eu sei o que fazer, Ytheron. E não precisa se preocupar. Não desconfiarão de nossa fuga. Eu garanto. Depois de amanhã quero que avise aqueles dois homens, que o procuraram ontem pela manhã, que você cumpriu o trato — ordenou Konath.

– Sim, O'Thepy. Assim o farei — afirmou Ytheron.

– Vou precisar de dinheiro para a nossa viagem. Seja generoso comigo, entendeu? Quero que me traga todo o dinheiro que aqueles homens lhe pagaram para que me matasse — disse Konath, incisivo.

– Sim, O'Thepy. O que você quiser, eu farei — disse o dominado carcereiro.

Capítulo 22

A trama de Ganyyr e Sahkkor

Os homens são bons de um modo apenas, porém são maus de muitos modos.

(Aristóteles – Ética a Nicomaco)

Assim que o casamento do príncipe Konath com a princesa Daryneh foi oficialmente cancelado por falta de pistas sobre o paradeiro do príncipe, todos os convidados das famílias reais regressaram aos seus castelos. Os últimos a deixarem o Palácio Real de Nay-Hak foram os nobres regentes de N'Zten, familiares mais próximos do Imperador L'Athos.

Já havia passado dez dias desde que Sahkkor, o rei consorte de N'Zten — marido da rainha Schaya, irmã de L'Athos, e pai de Daryn e de Rhanya —, havia retornado aos seus domínios quando recebeu em seu castelo, às margens da Baia Vermelha, a visita do malévolo Mestre Ganyyr.

— Seja bem-vindo, Mestre! A que devemos a honra de sua visita? Alguma notícia de meu sobrinho? — perguntou com interesse, o rei Sahkkor.

— Agradeço sua receptividade, Vossa Majestade. Temo que as notícias não sejam boas, haja vista não termos qualquer notícia sobre o paradeiro do jovem príncipe Konath — respondeu Ganyyr, formalmente.

— É lamentável. Um jovem tão promissor, com todas as possibilidades de se tornar um grande regente. Não consigo entender. Como é possível alguém desaparecer sem deixar pistas?

— Realmente não há explicação até o momento. Mas o assunto que me traz a N'Zten está intimamente ligado ao desaparecimento de seu sobrinho — esclareceu o mestre Ganyyr. — Podemos conversar a sós?

— Claro! Venha até meu gabinete. Lá estaremos à vontade — respondeu Sahkkor, apontando para o corredor do lado esquerdo da sala.

No caminho até o gabinete de Sakkor, quando passavam pelo corredor lateral, que dava vista para o pátio interno do palácio, Ganyyr observou o jovem príncipe Daryn tendo as primeiras aulas de esgrima com seu instrutor.

– O jovem príncipe tem talento – elogiou Ganyyr.

– Puxou ao pai — falou Sakkor orgulhoso.

– Tem o porte de um Imperador o pequeno — comentou Ganyyr, lançando um olhar sugestivo para Sahkkor.

– E eu seria um pai orgulhoso, mas ele está longe da linha de sucessão — disse o Rei em tom de conformismo.

– Não esteja tão certo disso, Majestade. É exatamente sobre isso que vim conversar.

Assim que a porta do gabinete de Sakkor se fechou, Gannyr começou a dizer que o Imperador L'Athos estava completamente arrasado com o desaparecimento do filho e que estava deixando de lado as suas obrigações para com o império.

– Já estão comentando que o Imperador perdeu a vontade de viver e que está deixando de lado os assuntos de Estado. Como ele não tem outro filho, o seu filho, o príncipe Daryn estaria diretamente na linha de sucessão ao trono de Nay-Hak.

– Mas, e quanto à minha sobrinha Yven? Ela teria de se casar com um homem da nobreza para assumir a posição de imperatriz e suceder aos pais, no caso de L'Athos renunciar. Meu filho ainda é um menino e estaria fora de questão o seu casamento com a prima adulta.

– Considerando que a prima também desapareça...

– O que quer dizer? — perguntou Sakkor, assustado.

– Quero dizer que existem forças superiores que desejam que seu filho assuma a posição de Imperador do Dragão Vermelho e ocupe o trono de Nay-Hak — disparou Ganyyr.

– Isso seria alta traição. Não vou participar disso! — respondeu Sakkor mostrando indignação pela proposta do Mestre.

– Não é uma escolha. Estamos apenas seguindo as instruções de instâncias superiores. Se o seu filho não assumir o trono, um nobre qualquer o fará. Não seja tolo. Você e sua família perderiam muito caso a princesa Yven se casasse com um nobre que não fosse de família real. Com a morte do príncipe Konath, a princesa do Dragão Preto, Daryneh, se casará com o príncipe Lahryn Og Tyrko enquanto o império do Dragão Vermelho desmorona. É isso o que você quer? — perguntou incisivo o ardiloso Ganyyr.

Sakkor andou de um lado para outro do seu gabinete com expressão aflita e parou por um momento junto à janela, e observou Daryn, na aula de esgrima, lutando com o seu instrutor.

– E como seria feito? — perguntou o rei com olhar de dúvida.

– Não se preocupe com isso. Quanto menos você souber dos detalhes, melhor. Apenas preciso informar aos meus superiores que você concordou que a melhor opção para o império do Dragão Vermelho é ter seu filho Daryn como o novo regente. Quando chegar a hora, bastará que vocês se mudem para o palácio real. Avisarei quando o seu filho deverá ser levado a Nay-Hak para assumir o trono.

– Espero não me arrepender — disse Sakkor, com expressão aflita no rosto.

– Não há mais tempo para arrependimentos. Você está do lado certo — afirmou o traidor.

Ganyyr deixou o gabinete de Sahkkor com um sorriso cínico e malévolo de quem havia conseguido seu intento. Sabia que o rei era um fraco e que estaria tranquilo para seguir com seu plano obscuro. Estava certo de que nem mesmo seus aliados sabiam de suas intenções escusas.

Capítulo 23

Fuga de Tal-Rek

A diferença entre o possível e o impossível está na vontade humana.

(*Louis Pasteur*)

O dia amanheceu e Konath foi acordado pelos gritos dos prisioneiros no pátio. Quatro homens seriam executados naquela manhã, na prisão de Tal-Rek.

Konath apressou-se em entrar mais uma vez na mente de Zelah e colocá-lo a par dos planos de fuga. Apresentou-se como Dauht, um professor de esgrima, colocando na mente de Zelah lembranças de que ele já o servia como ancillo leal há alguns anos, quando seu pai o comprou em um mercado de escravos, nas ilhas Seth.

— Não adianta gritar. O fim está próximo! — gritou gargalhando o tenebroso carrasco.

— Executem os condenados sem demora! — ordenou Ytheron ao carrasco. — Quero os corpos desses infelizes fora daqui antes do final do dia. Usem as forcas!

— Sim, senhor. Mas antes vou fazê-los sentir a dor de suas culpas. Que acha de descansar um pouco na mesa de evisceração? — perguntou o sarcástico executor a um dos condenados.

— Eu lhe suplico senhor, eu sou inocente! — argumentou aos gritos o infeliz homem.

De sua cela, Konath assistia àquela cena deprimente imaginando-se no lugar dos pobres homens que em poucos minutos seriam mortos para que ele e Zelah ganhassem a liberdade. Sentiu-se culpado por não poder interferir, mas essa não seria a primeira vez. Lembrou-se dos homens de sua escolta que pereceram nas mãos dos seus algozes sem que ele pudesse socorrê-los. Se ao menos já tivesse na posse de seus poderes mentais, certamente seus homens estariam vivos e ele estaria casado a essa altura. Mas o destino é implacável e impiedoso. Mesmo agora, que ele detinha o poder de sugestionar a mente das outras pessoas, via-se cruelmente impedido de usá-lo, para seu próprio benefício. O destino não aceita modificações em seu roteiro. Parece que "Os Provedores" escrevem as histórias dos humanos para sua própria diversão e deleite. Pouco importa a inocência ou arrependimento dos seus indefesos personagens: nós. O livre pensamento de nada adianta quando o fim já está escrito, e é imutável. Não se negocia com o destino. "Ele" dá, tira, constrói, destrói. Tem seus executores e executados. Todos nós, em algum momento de nossas vidas, representaremos vários papéis e seremos reconhecidos e lembrados por aquele em que tivemos o melhor desempenho. A vida é um gigantesco teatro no qual todos são protagonistas de suas próprias histórias.

Naquele momento, Konath pensou: essa é minha hora de mais uma vez representar um covarde omisso. Chorou.

— Chega de barulho e gritarias! — bravejou Ytheron da amurada do segundo andar da prisão. — Enforque-os imediatamente! É uma ordem!

E entre gritos e súplicas, os quatro condenados foram enforcados e em seguida os carrascos enrolaram os corpos inertes em tecidos rústicos depositando-os em uma mesa lateral, no pátio das celas no primeiro andar, de onde seriam levados para cima e entregues ao carroceiro Xaroh, que daria fim aos mortos no crematório de Ey-yo.

Ytheron permanecia observando da amurada do segundo andar o trabalho dos carrascos.

— Vocês! — chamou o carcereiro-mor.

— Sim, senhor Ytheron.

— Podem tirar sua hora de almoço e quando voltarem levem os corpos desses malditos infelizes até a carroça no pátio de saída. Direi ao Xaroh que esteja preparado em duas horas para levá-los daqui direto ao crematório de Ey-yo. Não quero sentir o mau cheiro desses imundos — disse Ytheron com desprezo.

— Sim, senhor — assentiram os carrascos.

— Vão!

Assim que os carrascos saíram em direção à cantina no terceiro piso, Ytheron desceu rapidamente as escadas passando pelas celas e fechando uma a uma as portinholas para que os presos não pudessem ver o que se passaria em seguida. Depois, foi até o cárcere de Konath, liberando-o, e depois a Zelah.

— Venham em silêncio! Ajudem-me a colocar os corpos nas suas celas.

Rapidamente, Konath e Zelah ajudaram Ytheron a colocar os corpos de dois executados nas celas que ocupavam, pois só seriam descobertos na hora da distribuição da comida, à noite.

— Diga a seus homens que não devem alimentar os prisioneiros hoje. Com isso teremos uma vantagem maior de horas antes que os carcereiros descubram os corpos — ordenou Konath, programando Ytheron.

— Farei isso, meu querido — concordou Ytheron.

— E quanto ao dinheiro que lhe pedi? — cobrou Konath.

— Tome, O'Thepy. Esse é todo o dinheiro que os homens me pagaram para matá-lo. É seu — disse Ytheron entregando a Konath um saco de moedas feito de couro, bem pesado para seu tamanho.

— Obrigado, meu caro amigo. Terá notícias minhas. Fique preparado, pois mandarei chamá-lo. Servirá a mim fielmente algum dia. Você sempre foi meu melhor amigo — disse Konath implantando na mente do carcereiro sua suposta amizade.

— Sempre lhe serei fiel! Morrerei por você, se preciso for meu amigo! — afirmou o carcereiro-mor Ytheron.

— Não se preocupe. Não deixarei que nada lhe aconteça, meu fiel Ytheron — garantiu Konath, cinicamente.

Após enrolar e amarrar Konath e Zelah nas mortalhas ensanguentadas e colocá-los sobre a mesa junto aos outros dois corpos, Ytheron passou pelas celas abrindo as ventanas e subiu para a sala da carceragem.

Assim que os carrascos voltaram do almoço, levaram um a um os corpos dos executados pelas escadas acima, colocando-os na carroça e instruindo ao carroceiro que os levasse ao crematório municipal.

Os três sóis de Ehh-Katyyr ainda estavam acima da linha do horizonte quando a carroça, que levava os quatro corpos, saiu pelo portão dos fundos da prisão de Tal-Rek em direção ao crematório de Ey-yo.

Assim que percebeu que havia saído dos limites da cidade, Konath invadiu a mente de Xaroh, o carroceiro, e ordenou que ele parasse e os desamarrasse. Em seguida, Konath fez com que o carroceiro pensasse que tinha dado carona a ele e a Zelah, seu ancillo, até o mercado de Stur-Yh, a caminho do crematório. Quando desceram da carroça, próximo ao mercado, Konath implantou no carroceiro a lembrança de que quatro corpos haviam sido cremados, para não despertar suspeitas.

A QUINTA ESTAÇÃO: O DESTINO DE KONATH

Após escapar da morte na prisão de Tal-Rek, Konath ainda cogitou ir ao palácio Ko-Uruth e contar tudo o que havia acontecido ao Imperador Eghanak, mas depois de descobrir a traição dos Mestres, precisava vingar-se de todos que o haviam traído e não sabia ainda quem eram. Estava certo de que havia um plano maligno por trás de toda aquela trama e que sua família correria perigo caso reaparecesse sem saber quem eram todos os traidores. Teria de encontrá-los e eliminá-los um a um, para que ele e sua família vivessem suas vidas em segurança novamente.

– Vamos, Zelah. Temos de pegar o navio no porto, mas antes vamos comprar roupas novas no mercado. Essas já não nos servem mais — decidiu o príncipe Konath.

– Sim, meu senhor, Dauth.

Depois de comprar as novas roupas, Konath e Zelah foram até a estalagem Cirkha, localizada próximo ao porto de Stur-Yh, para tomarem banho, e se livrarem dos andrágios que estavam vestindo, colocarem as roupas novas e comerem uma refeição decente. A estalagem tinha cerca de 10 quartos em seu segundo andar, um grande salão na entrada onde eram servidas as refeições e dois banheiros coletivos, que eram alcançados atravessando-se o pátio interno. O local estava bem movimentado e havia pessoas de todas as partes de Ehh-Katyyr que estavam de passagem para outras localidades do continente. Era época da quinta estação e os peregrinos ali chegavam apenas para tomarem um banho e comerem algo antes de partirem para seus destinos nos diversos navios que estavam ancorados na Baia de Stur-Yh.

Konath manteve a barba e os cabelos compridos para parecer mais velho. Isso o ajudaria em seu disfarce e em seus planos de vingança. Ordenou a Zelah, que raspasse a cabeça e que a mantivesse assim, pois iriam para as terras do Dragão Branco, e isso ajudaria a mantê-lo incógnito.

No caminho do cais até o navio, Konath deparou-se com a velha senhora que desta vez aproximou-se dele e lhe falou diretamente:

– O aviso continua. Você não deve confiar em ninguém! Nem mesmo em seus antigos Mestres. Seu destino está traçado. Muito ainda terá de caminhar até completar a missão para a qual foi criado. Siga sempre a sua intuição e exercite seus poderes da mente. Esteja preparado para surpresas, especialmente de ordem afetiva. Mantenha seu coração aberto.

Konath ficou confuso e atordoado com a mensagem da velha senhora.

– Quem é a senhora? — perguntou angustiado.

– Siga sua intuição – disse-lhe a velha senhora desaparecendo em seguida em meio à multidão, sem lhe responder a pergunta.

Capítulo 24

Viagem para Thoor-Da

Mentira ou verdade? É tudo irrelevante. A melhor história é a que ganha.

(*Atribuída a Leonardo da Vinci*)

O navio mercante para El-Takyr, ao norte do império do Dragão Branco, partiu logo após o terceiro sol desaparecer no horizonte. Havia muitos mercadores, artistas itinerantes, alguns nobres com suas famílias e muita carga que seguiria para as cidades de Path-Zug e de Thoor-Da, onde ficava o palácio real do Imperador Tyrko.

Konath aproveitou o tempo da viagem para penetrar na mente dos passageiros e descobrir o que pudesse sobre a vida nas terras do Dragão Branco. Finalmente, depois de pesquisar a mente de vários passageiros, encontrou Enydon, contratado pelo Imperador Tyrko como professor de história do príncipe Lahryn. Konath decidiu que ele seria a pessoa perfeita para introduzi-lo no Palácio Real de Thoor-Da. Enydon poderia apresentá-lo como professor de esgrima. Imediatamente, Konath tratou de fazer amizade com Enydon, apresentando-se como Dauht, seu amigo de infância, e ao final da viagem, o professor já tinha toda uma lembrança ilusória de que conhecia seu amigo Dauht havia muitos anos.

— Meu querido amigo Dauht, eu estou certo de que quando eu apresentar você ao Imperador e falar de suas capacidades como exímio esgrimista ele o contratará para ensinar ao príncipe Lahryn a arte da esgrima. Afinal, você é o melhor instrutor de esgrima que conheço — afirmou Enydon, empolgado.

— Tenho certeza de que você será persuasivo como sempre foi, amigo Enydon — elogiou-o Konath. — Como poderei agradecê-lo? Eu realmente vou precisar de um bom trabalho para me manter nessas terras. Minhas reservas se acabariam em pouco mais de um mês – afirmou.

– Para que servem os amigos, Dauht, senão para ajudar a outros amigos? — falou Enydon, em tom acolhedor.

– É verdade. Quando chegarmos à cidade de El-Takyr, vamos beber para comemorar nosso reencontro. Eu o convido — falou Konath.

– Certamente, amigo Dauht – respondeu Enydon animado.

A viagem transcorreu tranquilamente. Os ventos estavam favoráveis no mar de Daphur, e não demorou mais que dois dias até que avistassem a cidade portuária de El-Takyr, no extremo norte do Império do Dragão Branco. As temperaturas nas terras do Dragão Branco já começavam a cair com a proximidade da mudança de estação, e os ventos mais fortes aumentavam a sensação de frio.

Quando depois de dois dias de viagem o navio Trakarth atracou no porto El-Takyr, já se podia ver o segundo sol desaparecendo quase que completamente por trás das montanhas Corcovas, a nordeste do império.

As cúpulas douradas do palácio Thoor-Da, iluminadas pelo terceiro sol, ofuscavam os olhares extasiados dos viajantes que ali estavam chegando pela primeira vez. As sombras do palácio, projetadas nos campos de cevada, iluminados pelo terceiro sol, traçavam um caminho dourado que se estendia do porto até as portas do castelo. Era uma visão deslumbrante e que deixou Konath e Zelah extasiados.

Capítulo 25

Chegada a El Takyr

As pequenas mentiras fazem o grande mentiroso.

(William Shakespeare)

Assim que desembarcaram, Konath, tirando uma moeda de sua bolsa, ordenou a Zelah:

— Pegue nossos pertences e me encontre naquela taberna do outro lado da rua. Estarei lá com meu amigo Enydon.

— Agora mesmo, senhor Dauht.

— Vamos comemorar nosso reencontro e a chegada à terra firme e a esta linda vista — disse Konath ao seu novo "velho amigo".

— Será um prazer — disse Enydon, aceitando o convite. — Amigo Dauht, onde poderei encontrá-lo? — perguntou.

— Não sei ainda. Seguiremos até a cidade de Thoor-Da, junto com a caravana de mercadores. Pretendo me acomodar em uma estalagem provisoriamente. Alguma sugestão? — Perguntou Konath.

— A estalagem de Laksee tem boas acomodações e boa comida. Fiquei lá por um tempo quando cheguei aqui há alguns anos — informou Enydon. — Quando me tornei o professor de história do príncipe Lahryn, passei a morar no palácio, como todos que servem à família real. A vida é muito boa lá. Não tenho do que reclamar acrescentou.

— Espero poder dizer o mesmo, em breve — disse Konath, sugestivo.

Os dois riram juntos e brindaram à amizade.

— Assim também espero, meu amigo Dauht. Vai ser muito bom ter um velho amigo por perto, para lembrarmos os velhos tempos. Assim que chegar ao palácio falarei de você ao conselheiro do Imperador e pedirei que ele interceda a seu favor, caso necessário. Tenho bom relacionamento com Theruk, o conselheiro — afirmou Enydon.

– Mais uma vez lhe agradeço, meu amigo. Ficarei hospedado na estalagem que me recomendou, assim ficará fácil me encontrar, caso consiga uma entrevista para mim — agradeceu Konath, mais uma vez de maneira sugestiva.

– Esteja certo de que conseguirei. Mandarei um mensageiro avisá-lo assim que tiver uma resposta. Meu transporte acaba de chegar. Sinto não poder lhe oferecer uma carona, meu amigo — lamentou sinceramente, Enydon.

– Não se preocupe — tranquilizou-o Konath. — Como lhe havia dito, seguirei junto com a caravana de mercadores. Obrigado.

– Até breve, amigo Dauht.

– Até breve, amigo Enydon.

Konath e Zelah seguiram com a caravana de mercadores até a cidade de Thoor-Da, ao pé do palácio real. Chegando à cidade, caminharam pelas ruas do mercado, e em seguida pararam em uma taverna, para comer, beber e perguntar sobre a hospedaria de Laksee. Com a indicação da direção da hospedaria, Konath pagou a conta e os dois seguiram para lá.

A hospedaria estava localizada na estrada de Kam'Neh, que levava ao Palácio Real de Thoor-Da. O local tinha aspecto limpo, porém simples. Assim que entrou na hospedaria Konath percebeu que, em sua maioria, os hospedes eram mercadores e jovens estudantes que vinham de outras províncias do império, além de alguns estudantes estrangeiros, inclusive do império do Dragão Vermelho, terra natal de Konath.

– *Ba yo*, senhora — cumprimentou Konath, apresentando-se à dona da estalagem. — Chamo-me Dauht. Acabei de chegar à cidade com meu ancillo e sua hospedaria me foi muito bem recomendada. Gostaria de alugar um quarto com duas camas.

– *Ba yo*, senhor Dauht. Seja bem-vindo a Thoor-Da. Sou Laksee, a dona do estabelecimento. Quanto tempo ficará na cidade? — perguntou.

– Na verdade pretendo me estabelecer aqui. Tenho um amigo de infância que é professor no palácio real e que prometeu me ajudar a encontrar um trabalho.

– O senhor também é professor? — quis saber Laksee.

– Sim, da arte da esgrima.

– Muito interessante. E quanto tempo pretende se hospedar em meu estabelecimento?

– Não sei ao certo, senhora Laksee, mas espero ter uma entrevista em breve.

– Entendo. O pagamento da estadia é adiantado. O que posso fazer é deixar que me pague de dois em dois dias — sugeriu.

– Claro! Está muito bem para mim — concordou Konath.

– São cinco drakons adiantados pelos dois primeiros dias. As refeições são pagas à parte. A primeira é servida logo que o primeiro sol aparece no horizonte, aqui no salão.

– Aqui os têm, senhora Laksee — disse Konath, tirando as moedas de dentro do saco de couro que Ytheron havia lhe entregado, no dia da fuga de Tal-Rek.

– Tome suas chaves. Esta é da porta de entrada e esta é do seu quarto, que fica no terceiro pavimento. É a quinta porta à direita do corredor. A última refeição é servida assim que o terceiro sol se põe. Depois disso, a porta da entrada é fechada. Se sair, não esqueça as chaves. Não me levanto para abrir a porta para ninguém — avisou Laksee.

– Entendi, senhora — disse Konath.

– E não pendure roupas na sacada. Não é de bom aspecto — completou.

– Não pendurarei, senhora — afirmou Konath. – Vamos, Zelah. Traga nossos pertences — e, voltando-se para a dona da hospedaria... – Mais uma coisa:

– Sim? — disse a atenta Laksee.

– Gostaria de me banhar e descansar, pois a viagem foi cansativa.

– Diga a seu ancillo que, descendo as escadas da cozinha até o pátio traseiro, encontrará ânforas e uma fonte de onde poderá tirar a água para seu banho. Ele mesmo terá de carregar as ânforas. Em seu quarto encontrará uma tina que é usada como vasca.

– *Och'ra*, senhora Laksee — agradeceu Konath, subindo as escadas, seguido de Zelah.

Capítulo 26

Ytheron encobre a fuga

Faça o que fizer, faça isso com cuidado.

(Trama Fantasma — Filme 2017)

A rotina na prisão Tal-Rek iniciou assim que o dia amanheceu. O carcereiro-mor estava em seu gabinete no segundo andar organizando a papelada sobre as últimas execuções para despachar para o arquivo, quando um guarda bateu à porta nervosamente.

– Ba yo, senhor Ytheron.

– Por que me interrompe? — rosnou Ytheron em direção ao guarda.

– Me desculpe, senhor. Temos uma situação de fuga para resolver.

– Fuga? Nunca houve uma fuga em Tal-Rek! – exclamou Ytheron levantando-se abruptamente de sua cadeira.

– Há indícios de que dois prisioneiros fugiram, pois encontramos dois corpos dos que foram executados ontem nas celas dos fugitivos.

– Impossível! Quero ver isso com meus próprios olhos — bravejou Ytheron, fingindo estar furioso com a possibilidade da fuga.

Imediatamente Ytheron desceu as escadas de acesso ao pátio das celas e acompanhou o guarda até onde se encontravam os corpos de dois dos executados no dia anterior. Fingindo surpresa e ira, gritou:

– Reúna os guardas e os carrascos aqui imediatamente! E mande buscar o carroceiro. Executarei quem estiver envolvido nessa trama com minhas próprias mãos.

– Sim, senhor.

Assim que todos estavam reunidos no pátio das celas, Ytheron começou o interrogatório.

– Posso lhe garantir que não fomos nós, senhor. Só nos ausentamos para almoçar, como o senhor mesmo sabe. Antes de sairmos, deixamos os corpos enrolados e amarrados na mesa, prontos para serem transportados para o crematório — justificou-se um dos carrascos.

– E quanto a você, carroceiro? O que tem a dizer em sua defesa? — inquiriu Ytheron, incisivo.

– Meu senhor, posso lhe garantir que os quatro corpos que levei foram cremados. Já faço o transporte de corpos há muitos anos e não tenho acesso ao interior das prisões, como o senhor sabe. Apenas recolho os corpos que me são entregues no portão — respondeu o trêmulo Xaroh.

– Se os corpos que levou foram cremados, então os miseráveis ancillos não lograram sucesso em sua fuga. Pensaram que escapariam da morte e foram mais cedo ao seu encontro — concluiu Ytheron com uma risada sinistra que se tornou uma gargalhada assustadora.

Os guardas e carrascos se juntaram ao carcereiro em sua gargalhada, sem suspeitar de nada.

– Carroceiro! — chamou Ytheron.

– Sim, meu senhor?

– Você tem mais dois corpos para levar para o crematório. Mas fiquem atentos. Não permitirei que ninguém arruíne minha reputação. Não descansarei enquanto eu não descobrir quem ajudou aqueles infelizes na fuga. E quando eu descobrir... Os traidores terão o mesmo destino dos ancillos. Serão queimados vivos — ameaçou Ytheron.

Após instaurar a dúvida e o pânico entre os guardas e carrascos, Ytheron retirou-se para o seu escritório para preparar os papéis que provavam a execução de Konath e Zelah. Dessa forma resolveu dois problemas de uma só vez, pois teria como provar aos Mestres traidores que encomendaram a morte de Konath – ou O'Thepy –, que ele estava morto.

Capítulo 27

Konath no Palácio Imperial

Nosso caráter é o resultado da nossa conduta.

(Aristóteles)

O quarto da hospedaria de Laksee era de bom tamanho, mobiliado simplesmente com duas camas tipo catre, um banco de madeira escura, ao lado da janela, onde havia também uma pequena mesa de apoio, com uma jarra com água em cima. No canto oposto, jazia uma tina que mal dava para se banhar agachado. Além disso, na parede ao lado da janela, que tinha uma vista providencial para o palácio de Thoor-Da, havia uns poucos ganchos usados para pendurar as roupas.

A luz que penetrava no quarto era filtrada por uma fina cortina de tecido rústico de cor âmbar. A claraboia no teto lançava uma iluminação interessante sobre uma das camas que Konath logo percebeu se tratar do símbolo do Enábulo do Amor[23].

Depois de tudo pelo que passou, este seria um bom presságio, pensou.

– Veja, Zelah. É lá que vamos morar em breve — afirmou o convicto Konath, apontando para o palácio real.

– É muito bonito, meu senhor — observou o ancillo.

– É sim. É bem de meu agrado. Prepare meu banho, Zelah. Depois do almoço vamos andar pela cidade. Quero aproveitar o resto do dia de hoje para conhecer melhor como funcionam as coisas por aqui.

– Sim, meu senhor.

– Traga quatro ânforas de água para o meu banho — ordenou Konath.

---

[23] Enábulo do Amor — figuras que compunham as cartas de um tipo de jogo divinatório. O Tarô dos Enábulos. Muito popular em Ehh-Katyyr.

— Sim, meu senhor Dauht.

Depois de muito tempo de privações na prisão, Konath se sentia mais relaxado dentro da minúscula tina aproveitando aquele momento do banho. Desde pequeno sempre teve muito prazer em se banhar. Lembrou-se com carinho de quando sua mãe lhe dizia que ele parecia cria do Povo das Águas[24]. Os dias que passou trancafiado em Tal-Rek castigaram seu corpo, mas muito mais sua alma. Ainda estava magro devido aos maus tratos do tempo de cárcere, mas estava se recuperando rápido, pois tinha boa constituição física.

A barba emoldurava o seu rosto anguloso de maneira a ressaltar ainda mais seu olhar profundo e envolvente, além de lhe imprimir uma certa maturidade. Os cabelos negros, agora compridos, imprimiam confiança à figura máscula do príncipe. Seu peitoral bem formado tinha pelos apenas na parte central, que desciam escassos em direção ao púbis emoldurando seu pênis avantajado e roliço. Suas coxas e nádegas bem definidas, mesmo castigadas pela magreza, poderiam atrair olhares de cobiça. Era realmente a imagem de um ser divino. Até mesmo Zelah relutava em observar o seu senhor no banho.

— Zelah, me traga a toalha! Vou usar o jabador azul que comprei no mercado.

— Sim, meu senhor.

— Vá descendo e peça a Laksee que prepare algo para comermos.

— Agora mesmo, senhor Dauht.

Olhando pela janela de seu quarto, Konath admirava a magistral construção que a qualquer hora do dia irradiava a luz refletida pelas cúpulas, que encimavam as três torres imensas. Estava entretido pensando em seus planos, quando Zelah entrou no quarto com uma mensagem em suas mãos.

— Meu senhor, a senhora Laksee mandou dizer-lhe que sua mesa está pronta e pediu para entregar-lhe esta mensagem que acabou de chegar.

— *Och'ra*, Zelah. Pode descer e me esperar ao lado da mesa.

Era uma mensagem de Enydon, pedindo que comparecesse a uma audiência com o conselheiro do Imperador Tyrko logo após o primeiro sol desaparecer por trás das montanhas, no dia seguinte.

Konath sorriu maliciosamente. Enfim estava sendo convidado a entrar no Palácio Real de Thoor-Da, onde finalmente poderia descobrir por que o Imperador o queria morto.

---

[24] Povo das Águas — sereias e tritões. Seres resultantes das experiências de hibridismo conduzidas pelos O'Lahres com animais marinhos.

Acabou de se arrumar e desceu para o salão de refeições, onde Zelah o esperava de pé ao lado da mesa.

– Meu senhor – disse Zelah puxando a cadeira para Konath.

– *Och'ra,* Zelah. Sente-se e coma comigo.

– Mas senhor...

– É uma ordem! Apenas obedeça, Zelah — disse Konath, incisivo.

– Sim, senhor Dauht.

– Amanhã, no fim da tarde, após voltarmos da nossa caminhada, quero que fique no quarto me aguardando. Dobre as roupas, peça a Laksee que prepare algo para comermos no quarto, estarei faminto quando voltar do palácio. Quero uma jarra de vinho também. Estou certo de que amanhã mesmo deixaremos a hospedaria — afirmou Konath, esperançoso.

– Farei tudo como ordenado, senhor.

– E, Zelah...

– Sim, meu senhor...

– Esta noite você vai me servir... na cama.

Zelah sentiu seu coração disparar num misto de excitação e medo. Sabia que, como ancillo, deveria obedecer cegamente ao seu senhor, pois já conhecia bem os costumes de Ehh-Katyyr. A sexualidade era livre e o poder emanava dos homens. Era uma sociedade patriarcal, machista, de homens fortes e mulheres que, apesar de submissas, tinham o tratamento e os mimos dispensados a uma princesa, desde que jamais contrariassem os ditames sociais e as ordens do homem da casa.

No dia seguinte, após o almoço, Konath e Zelah foram andar pelo mercado da cidade e arredores fazendo o reconhecimento do local. Konath aproveitou para penetrar no pensamento de algumas pessoas em busca de conhecimento da cultura local e costumes que pudessem ser diferentes dos que já conhecia e praticava.

Quando o segundo sol começou a descer já quase alcançando o cume das montanhas Corcovas, Konath ordenou a Zelah que voltasse a hospedaria e preparasse tudo conforme havia ordenado. Em seguida, rumou em direção aos portões do palácio real, onde teria sua entrevista com o conselheiro Theruk.

– *Ba yo.* Tenho uma entrevista com o conselheiro Theruk – disse Konath mostrando a mensagem ao guarda.

– Siga em frente até a chancelaria. Quando apresentar a mensagem, um ancillo irá levá-lo a presença do senhor Theruk, o conselheiro.

– *Och'ra* — agradeceu Konath, que seguiu o caminho até a chancelaria e de lá foi levado até Theruk, que já o estava aguardando.

– *Ba yo*, senhor Theruk!

– *Ba yo*, Dauht. Enydon me falou de você. Disse-me que é um Mestre na arte da esgrima e que seria um excelente instrutor para o príncipe Lahryn.

– Enydon não mentiu, meu senhor. Domino perfeitamente a arte da esgrima e será uma honra servir como instrutor do jovem príncipe — declarou Konath.

– Enydon me disse que são velhos amigos e que é de total confiança.

– Sim, senhor. Somos amigos de infância — afirmou Konath, enquanto vasculhava a mente de Theruk, em busca de informações sobre seus algozes.

– As condições para trabalhar aqui no palácio real incluem, além de sigilo total sobre qualquer assunto que presenciar ou ouvir nos corredores, sua mudança em definitivo para cá. Isso seria um problema para você? — indagou o Conselheiro.

– Problema nenhum, meu senhor. Para mim será uma honra morar no palácio real — respondeu Konath, fazendo cara de animado com a possibilidade de morar no palácio.

– Sua remuneração será generosa caso o príncipe Lahryn o aceite como professor. Poderá inclusive ter um ancillo designado para servi-lo — informou Theruk. O príncipe é um jovem muito exigente e de personalidade forte, assim como o Imperador Tyrko, seu pai.

– Tenho meu ancillo pessoal e gostaria de trazê-lo comigo — informou Konath.

– Aqui, no palácio real, só há ancillos oriundos da Terra, chegados pelo portal de Zyth-An — informou Theruk.

– Quanto a isso não haverá problema, senhor Theruk. Zelah é um oriundo da Terra, e já está aos meus serviços há alguns anos — esclareceu, Konath.

– Então, poderá trazê-lo — concordou Theruk. — Vamos, venha comigo. Aguarde-me aqui no pátio. Vou buscar o príncipe Lahryn para conhecê-lo.

– Sim, senhor — respondeu Konath.

Enquanto Konath conversava com Theruk, pôde vasculhar sua mente em busca de informações que o ajudassem a entender o mistério em torno da ordem de Tyrko para matá-lo, mas o conselheiro nada sabia. Era filho de nobres e sempre serviu a realeza do Império do Dragão Branco, na parte de administração de empregados e das finanças do reino. Era um homem íntegro.

– Aguarde aqui um momento, Dauht. O príncipe me pediu que o apresentasse assim que terminássemos de falar — informou Theruk.

– Perfeitamente, senhor.

– Fique à vontade.

– *Och'ra!* — agradeceu Konath.

Estava distraído admirando pela janela da sala de Theruk os afrescos que cobriam as paredes do pátio externo, quando o conselheiro o chamou.

– Dauht!

– Senhor? — respondeu Konath virando-se na direção de Theruk.

– Apresento-lhe Sua Alteza Real, o príncipe Lahryn Og'Tyrko.

– Vossa Alteza, é uma honra conhecê-lo — disse Konath, ajoelhando-se em reverência.

– Theruk me disse que você será meu instrutor de esgrima? — disparou Lahryn diretamente.

– Sim, meu senhor. Caso seja de seu agrado. Tenho ensinado esgrima nos últimos cinco anos — informou Konath.

– De onde você é? Como aprendeu a arte da esgrima? — quis saber, Lahryn.

– Venho das ilhas Therky, no Império do Dragão Vermelho — explicou Konath. — Meu pai era Mestre de esgrima e ensinou esta arte por muitos anos aos palacianos da realeza das terras do Dragão Vermelho. Aprendi com ele.

– Meu professor de história também é de Therky — disse Lahryn.

– Sim, Vossa Alteza. Conhecemo-nos na infância. Foi Enydon quem me indicou — esclareceu Konath.

– Gosto de Enydon. É um homem de muito conhecimento e bom professor — comentou o Príncipe Lahryn, enquanto andava ao redor de Konath. — Você tem uma boa postura e estrutura e, se é amigo de Enydon, então deve ser um bom professor também — concluiu por analogia o príncipe Lahryn.

– Ensinarei ao senhor tudo sobre a arte da esgrima, se assim o quiser? — garantiu Konath.

– Pois eu quero — respondeu Lahryn, seguramente.

E, dirigindo-se a Theruk, o príncipe ordenou:

— Providencie tudo para que Dauht seja acomodado — ordenou. — Quero iniciar as aulas de esgrima amanhã, pela manhã.

E voltando-se para Konath, perguntou:

— Isso seria um problema para você, Dauht?

— Nenhum problema, Vossa Alteza. Só preciso voltar à cidade para buscar minhas coisas e meu ancillo pessoal, na hospedaria Laksee. Estarei de volta hoje mesmo — garantiu Konath.

— Muito bem! Aprecio sua disponibilidade — elogiou-o Lahryn. — Vemo-nos amanhã, uma hora após a primeira refeição, aqui neste pátio.

— Aguardarei aqui, amanhã, na hora que o senhor determinou — respondeu Konath, em tom obediente.

— Até amanhã, Dauht.

— Até amanhã, Vossa Alteza.

Konath ficou observando enquanto Lahryn se retirava em direção ao interior do palácio. Era um jovem encantador. Com apenas dezessete anos, já tinha uma compleição física admirável. Seus cabelos louros, quase brancos, iluminavam seu rosto alvo e emolduravam suas feições fortes. Seus olhos azuis claros e amendoados, encimados de sobrancelhas levemente mais escuras que os cabelos, pareciam penetrar nos pensamentos das pessoas, extraindo dali as informações que quisesse. Era realmente fascinante — pensou.

— Impressionado, Dauht? — perguntou Theruk, notando como Konath observava Lahryn.

— Realmente, senhor Theruk. O príncipe tem uma personalidade muito firme, e me parece ainda tão jovem.

— Tem dezessete anos. Será um soberano formidável, quando chegar a hora. Espero poder servi-lo também — falou Theruk. — Bem, agora acho melhor se apressar em buscar suas coisas. Providenciarei suas acomodações. Quando voltar, haverá uma ordem na entrada para que você e seu ancillo possam passar, e em seguida serão encaminhados aos seus dormitórios. Amanhã, após a primeira aula, me procure na chancelaria e acertaremos os detalhes do seu pagamento e outras informações necessárias que deve saber para viver aqui no palácio real — explicou Theruk.

— Irei imediatamente, senhor.

— Até amanhã, então Dauht.

– Até amanhã, senhor.

Konath voltou até a hospedaria e passando pela recepção pediu que fechassem sua conta, pois sairia até o fim do dia. Chegando ao quarto, verificou que seus pertences já estavam arrumados, conforme ordenou.

– Zelah, prepare-se, pois estamos nos mudando para o palácio real de imediato. Já pedi a senhora Laksee para fechar a conta. Agora preciso relaxar antes de descermos para comer. Tire sua túnica e venha aqui – disse Konath tirando as roupas.

Zelah obedeceu imediatamente.

– Vire-se de costas para mim, Zelah — ordenou Konath sentindo a excitação crescer.

Em seguida, Konath apalpou as nádegas bem torneadas de Zelah enfiando os dedos em sua boca, para umedecê-los. Colocou Zelah debruçado com as mãos apoiadas no catre, e manipulou com os dedos úmidos o ânus do ancillo. Em seguida, cuspiu na mão e lubrificou seu membro latejante penetrando Zelah vagarosamente, no início e vigorosamente logo depois.

Zelah teve seus gemidos abafados pela mão forte de Konath que cobria sua boca, enquanto o penetrava. Sentia um misto de dor e de prazer por estar servindo ao seu senhor. Zelah gostava de sentir o saco de Konath batendo em suas nádegas, enquanto era penetrado, pois isso aumentava a sua sensação de prazer. Passou a gostar disso com o seu antigo dono, um nobre da cidade de Klaat, que o mandou injustamente para a prisão Tal-Rek, acusado de roubo.

O príncipe Konath era impetuoso no sexo. Sabia que devassava aqueles que penetrava, pois gostava de sexo muito forte. A lembrança do sexo com Konath perdurava dias. Foram longos minutos até o príncipe se satisfazer explodindo em gozo dentro de Zelah. Terminado o coito, o submisso ancillo, com as pernas ainda trêmulas, usou um pano para se limpar vestindo sua túnica em seguida.

– O senhor está relaxado, meu senhor? — perguntou Zelah, atencioso.

– Sim, meu caro Zelah. Espero não o ter machucado. Estava muito excitado e precisava mesmo de sexo vigoroso para relaxar.

– Minha satisfação é servi-lo bem, senhor Dauht — disse o ancillo.

– Você foi perfeito, Zelah — elogiou Konath.

– *Och'ra*, meu senhor.

– Vamos descer com os nossos pertences. Sairemos logo depois da refeição — disse Konath.

Durante a refeição, Konath, usando de sua experiência, explicou a Zelah sobre alguns procedimentos a seguir dentro das dependências do palácio real. Assim que terminaram, Konath se despediu de Laksee e os dois pegaram o caminho do palácio.

Quando entrou no Palácio Real de Thoor-Da, agora mais relaxado, Konath pôde sentir que a temperatura lá era agradavelmente mais amena. As paredes de pedra branca aumentavam a sensação de frescor. As terras do Império do Dragão Branco eram mais frias e os topos das montanhas ficavam cobertos por uma grossa camada de neve perene.

Conforme havia dito Theruk durante a entrevista, um ancillo os conduziu até o quarto destinado a Konath e após instalar devidamente o novo professor de esgrima do príncipe Lahryn, informou que levaria Zelah até o alojamento dos ancillos.

– Amanhã você está dispensado dos serviços, Zelah. Tire o dia para se alimentar bem, conhecer as regras dos ancillos neste palácio e pode descansar. E mantenha sempre os seus ouvidos bem atentos a qualquer informação que me possa interessar. Só precisarei de você depois de amanhã. Esteja aqui antes de o primeiro sol aparecer. Agora vá!

Capítulo 28

Conquistando Lahryn

Pelo brilho nos olhos, desde o começo dos tempos, as pessoas reconhecem seu verdadeiro Amor.

(Paulo Coelho – livro Brida)

O primeiro dia de Konath no palácio real começou cedo. Sua primeira refeição foi feita na sala do conselheiro Theruk, enquanto recebia as informações e instruções de como proceder enquanto ali estivesse trabalhando e morando. Em seguida, Konath foi encaminhado ao pátio onde estivera no dia anterior, pois a primeira aula de esgrima do príncipe Lahryn começaria em menos de meia hora.

Em Ehh-Katyyr, a maioria das atividades, especialmente as físicas, eram feitas em áreas descobertas, pois não havia chuva, nem vento forte demais. Essas condições eram devidas à cúpula de energia que protegia o continente de qualquer interferência externa, além de mantê-lo invisível aos olhos dos terráqueos.

Os dias no continente artificial de Ehh-Katyyr eram muito longos, pois só terminavam quando o terceiro sol descia no horizonte, as 21h06. As temperaturas anuais variavam entre 18° no inverno e 27° na quinta estação, pois havia um aquecimento maior do campo de energia que protegia o continente, bem como das águas marítimas ao redor do continente. As noites só eram mais frias no inverno de Thoor-Da, pois uma corrente de vento frio e suave que soprava das montanhas cobertas de neve fazia com que a sensação térmica fosse mais baixa.

Todas as casas, mesmo as mais simples, tinham um pátio descoberto, que era muito utilizado no dia a dia dos ehh-katyyrianos, durante o dia. Na verdade, o modelo arquitetônico era totalmente voltado para os pátios externo e interno, sempre bem planejados e ornamentados com afrescos, jardins e cristais brutos, trazidos da Terra e das profundezas dos mares.

Não havia atividade mineral em Ehh-Katyyr, pois era um planeta de agricultores. Não existia nenhuma máquina ou equipamento eletrônico no planeta. Todos os animais foram trazidos da Terra, em alguma época, provavelmente para serem usados em experiências dos O'Lahres[25].

– *Ba yo*, Vossa Alteza — cumprimentou Konath.

– *Ba yo*, Dauht — respondeu Lahryn. — Vejo que é pontual.

– Sim, meu senhor. Podemos começar, quando desejar.

– Estou ansioso para isso — respondeu Lahryn.

– Acho importante começar a aula sempre com uma explicação das atividades que iremos desenvolver. Vou falar um pouco sobre o tipo de instrumentos que vamos utilizar, enquanto lhe conto sobre a história da esgrima e em seguida sobre os movimentos iniciais, antes de começarmos a praticar. A esgrima teve sua origem há mais de três mil anos da idade da Terra. Atualmente, os terráqueos a praticam como esporte, tendo evoluído de uma forma de combate. O objetivo, quando praticada como esporte, é tocar o adversário com a ponta da lâmina enquanto evita ser tocado por ela. Você aprenderá a usar o florete, a espada e o sabre que são diferentes entre si. Cada um funciona de uma maneira distinta. Vamos começar pelo florete, e seus movimentos e regras em uma competição.

Enquanto Konath dava as primeiras instruções sobre esgrima a Lahryn, o Imperador Tyrko os observava atentamente da sacada superior, que se projetava acima de um dos jardins do pátio. Tyrko analisava atentamente o belo homem, um tanto esquálido, que ali se encontrava, ensinando seu filho a arte da esgrima. Desceu as escadas de acesso de maneira a não ser notado e ficou ali, observando a aula. Aproveitou para se fazer notar quando, em um movimento certeiro, seu filho Lahryn usou o florete elegantemente em um golpe.

– Muito bem, meu filho! — disse o Imperador aplaudindo-o.

Ao notar a presença do Imperador Tyrko, Konath imediatamente ajoelhou-se em reverência.

– Vossa Majestade.

– Levante-se e me diga seu nome, professor — disse Tyrko.

– Me chamo Dauht, de Therky, Vossa Majestade.

---

[25] O'Lahres – alienígenas que há milênios chegaram ao planeta Terra em busca de um novo lar. Faziam experiências de hibridismo de seus genes com os de animais terráqueos, em busca do ser híbrido perfeito, que pudesse receber em seu corpo físico denso a energia dos últimos O'Lahrianos, que habitavam a ilha Hy-Brazil.

– Um ilhéu espadachim? — admirou-se o Imperador.

– Sim, Vossa Majestade. Meu pai era instrutor de esgrima dos nobres das terras do Dragão Vermelho. Aprendi com ele a arte que agora ensino ao príncipe Lahryn, com grande prazer — disse Konath, mantendo os olhos abaixados.

– Sei que é um bom professor. Meu filho está em boas mãos. Quero convidá-lo para se juntar a mim após a aula, no salão de refeições, encare como as boas-vindas do Imperador. Esteja no salão de refeições quando o primeiro sol tocar o alto das montanhas corcovas, a leste – disse Tyrko, retirando-se em seguida.

– Será uma honra, Vossa Majestade. *Och'ra* — agradeceu Konath.

– Meu pai gostou de você, Dauht — observou Lahryn.

– Fico lisonjeado, meu senhor — agradeceu Konath.

– Talvez fosse melhor ficar preocupado, Dauht. Meu pai gosta de fazer sexo com homens também. E como Imperador, ninguém que viva no palácio pode recusá-lo — avisou.

– Entendo, Vossa Alteza — disse Konath baixando a cabeça fingindo constrangimento.

Era exatamente a oportunidade que Konath precisava para acessar a memória de Tyrko.

– Gosto de você, Dauht. Sei que é um bom homem. Tenha cuidado — insistiu Lahryn, que já havia presenciado outras investidas de seu pai em direção a algum professor seu.

– *Och'ra*, meu senhor.

– Voltemos à aula, Dauht. Estou gostando de aprender esgrima.

– E está indo muito bem, Vossa Alteza.

Capítulo 29

A descoberta da trama

O que sabemos é uma gota, o que não sabemos é um oceano.

(Isaac Newton)

O primeiro sol apenas tocara o alto das montanhas Corcovas, quando os comensais já lotavam o salão de refeições do palácio, e entre eles estava Konath.

– Sua Majestade o Imperador Tyrko, a Imperatriz Nanyraah e seu filho, o Príncipe Real Lahryn Og'Tyrko — anunciou o Mestre de Cerimônias real.

Todos os convidados se levantaram e curvaram-se em reverência a família real que adentrava o salão de refeições.

A segunda refeição do dia transcorria normalmente enquanto Konath, entre um olhar e um gesto de delicadeza com a senhora sentada ao seu lado direito, escaneava a mente do Imperador Tyrko em busca de respostas. Descobriu que por motivos políticos e por poder, ele estava envolvido na trama do ataque que havia sofrido a caminho de seu casamento.

Os planos de Tyrko tinham como objetivo impedir o casamento de Konath e Daryneh, deixando a princesa do Dragão Preto livre para que se casasse com seu filho Lahryn, assim que ele completasse dezoito anos.

Dessa maneira, Tyrko, por meio de seu filho Lahryn, aumentaria seu poderio, mas a história não era só essa. Konath foi interrompido pela voz de Tyrko falando seu nome.

– Vossa Majestade.

– Eleve sua taça, professor. Esse é o brinde de boas-vindas que lhe ofereço. A sua saúde, Professor Dauht!

– Vossa Majestade... À sua saúde... À saúde do Imperador! Vida longa ao nosso Imperador! — disse Konath.

Todos brindavam ao Imperador enquanto Tyrko lançava olhares lascivos na direção de Konath.

A Imperatriz Nanyraah percebendo o que se passava, elegantemente retirou-se para seus aposentos logo após terminar sua refeição... Não sem antes analisar a figura de Konath atentamente. Era realmente um homem atraente e viril. Tyrko em sua sanha de poder, sobre tudo e sobre todos, certamente havia se interessado por ele e iria querer submetê-lo por meio do sexo.

Konath percebendo o olhar analítico da Imperatriz, enquanto ela deixava o salão de refeições, sorriu respeitosamente em sua direção. Ele podia ler os pensamentos de Nanyraah e sentiu sua excitação se imaginando na cama com ele.

Após terminar a refeição, Tyrko convidou "Dauht" para uma conversa particular sob o pretexto de querer saber mais sobre sua história. Os dois foram conversando enquanto andavam pelos corredores do palácio até chegarem a um grande pátio no terceiro andar, de onde se tinha uma visão magnífica e privilegiada de quase todo o império do Dragão Branco. A cordilheira das montanhas Corcovas, ao leste, com sua neve eterna nos picos, seguia majestosa até se encontrar com o mar, próximo ao Porto de Ang-El. Mais à direita, como um mar de vegetação, a floresta de Dohf-Yrd cobria toda a extensão de fronteiras com as terras dos reinos dos Dragões Vermelho e Preto. Em seu interior, o Rio O'Mak, atravessava de leste à oeste o continente de Ehh-Katyyr e era dividido em duas metades pela Torre de En-Ahab, a mais alta edificação do continente, sendo impossível de ver o topo, pois ultrapassava as nuvens. Mais à direita, podia-se vislumbrar ao longe o Lago Branco, perto de onde se localizava o Castelo de Path-Zug, mais ao norte, o qual se podia ver o reluzir de sua única cúpula dourada. Era realmente uma visão magnífica.

– Então, Dauht, o que acha do meu império? — perguntou Tyrko, tentando impressionar Konath com a grandeza de seu império e seu poder.

– Jamais estive em um lugar que concentrasse tamanha quantidade de belezas como em seu reino, Vossa Majestade — respondeu Konath, bajulando seu interlocutor.

– É uma terra especial, professor — disse Tyrko orgulhoso.

– Sem sombra de dúvida, meu senhor — concordou Konath.

– Você também é um homem especial, Dauht — disse Tyrko colocando a mão sobre o ombro de Konath apertando-o suavemente enquanto o encarava.

– *Och'ra*, Vossa Majestade. São seus olhos — disse Konath, tentando parecer tímido.

– Não, Dauht. É meu desejo — respondeu Tyrko, mostrando sua excitação por baixo do jabador.

Nesse momento, o Imperador passou o braço em torno da cintura de Konath, que não resistiu, e foram caminhando em direção aos aposentos do Imperador.

Dentro dos aposentos reais, Konath, inicialmente, deixou que Tyrko o subjugasse, colocando-o de joelhos e forçando sua cabeça em direção ao seu pênis rijo, pois dessa maneira o Imperador relaxaria se achando no comando e se tornaria mais fácil para Konath invadir sua mente, dominando-o. Quando Tyrko o puxou pelos cabelos e o beijou, Konath aproveitou-se desse momento de vulnerabilidade e conectou-se totalmente à mente do Imperador e, dominando-o completamente, empurrou-o na cama, seviciando o monarca com vigor, e com prazer de vingança, por um longo período. Após o ato, fez com que o Imperador se apaixonasse por ele, sendo sempre passivo. Konath deixou-o sem barreiras psicológicas capazes de ocultar quaisquer informações. Foi então que soube de toda a trama vil dos traidores e Tyrko.

Descobriu que os homens que foram à prisão de Tal-Rek, entraram em contato com o Imperador, informando que haviam apurado que os mercenários contratados para sequestrá-lo e matá-lo o haviam vendido como escravo, sem saber que se tratava realmente de um príncipe. Foi então que começaram a investigar o seu paradeiro. Foram até o mercado de ancillos de Ò-Huk, onde Konath havia sido vendido, seguiram seu rastro até a casa de Aylekh, e depois até a prisão Tal-Rek. Após acertarem a execução de Konath com o carcereiro Ytheron, informaram ao vil Imperador Tyrko que desta vez o "problema" havia sido eliminado, imaginando que Konath tivesse sido executado na prisão, por conta do suborno que pagaram.

Pôde apurar ainda que esses dois homens eram o seu próprio Mestre Ganyyr e o Mestre Ko-ryhor, que servia no Palácio Thoor-Da. Os traidores aliados a Tyrko agiram a mando do guardião Rhek-noh, subordinado à Casta O'Lahriana NA, inconformados por Konath ter sido o projeto escolhido pelo Conselho de Anciãos de O'Lahr. Rhek-noh achava que Lahryn seria a escolha acertada, e resolveu fazer de tudo para eliminar Konath. Quanto ao ambicioso Tyrko, queria apenas dominar toda Ehh-Katyyr e tornar-se o único soberano do continente casando seu filho Lahryn com a princesa Daryneh e em seguida, subjugando o Imperador L'Athos, pai de Konath, por meio de uma guerra, se preciso fosse. O Imperador não tinha ideia de que o objetivo do guardião Rhek-noh e seus aliados era bem mais ambicioso e que envolvia diretamente o destino de seu filho, o príncipe Lahryn.

Capítulo 30

L'Athos devastado

Se quiseres poder suportar a vida, fica pronto para aceitar a morte.

(Sigmund Freud)

Por quase três meses as equipes de busca vasculharam todas as pistas que pudessem levar a Konath sem que nenhuma notícia concreta sobre o paradeiro do príncipe chegasse ao Palácio de Nay-Hak. A desolação do Imperador L'Athos era total. Os assuntos pertinentes ao Estado estavam quase que completamente abandonados nas mãos de Yemerk, o conselheiro real. Ganyyr fomentava comentários de que o Imperador já não se importava com o destino do império e que isso era muito perigoso. A insatisfação dos comandados crescia a cada dia e o momento propício para o diabólico Mestre traidor completar o seu plano havia chegado. De posse dos documentos e testemunhos dos algozes de Konath e da certidão do crematório de Tal-Rek, Ganyyr deu o golpe de misericórdia em L'Athos.

– Pelos Provedores! — exclamou Yemerk incrédulo ao examinar os documentos que Ganyyr lhe mostrou.

— Isso não pode ter acontecido. Será um golpe fatal no Imperador.

– Sim Yemerk. E será muito perigoso para o império ter um Imperador enfraquecido e incapaz de lidar com os assuntos de estado. Temos de encontrar uma solução para o problema que surgirá, antes de informar ao Imperador o que realmente aconteceu com o príncipe Konath — sugeriu Ganyyr, ardilosamente.

– Não temos tempo hábil de encontrar um homem nobre e forte que seja capaz de assumir o Estado para desposar a princesa Yven — constatou o conselheiro, preocupado.

– Mas e na família real? Quem seria o próximo homem na linha de sucessão? – perguntou o malévolo Ganyyr.

– Neste caso o sucessor natural de sangue real seria o príncipe Daryn. Mas, é apenas uma criança. Teria de ser coroado Imperador com a renúncia ou incapacidade de L'Athos, mas estaria incapaz de governar sozinho até a maioridade. Precisaria de um tutor — afirmou o conselheiro real.

– Então precisamos informar ao rei Sakkor que prepare o príncipe Daryn para assumir o trono de Nay-Hak antes de dar a notícia ao Imperador L'Athos — sugeriu o malicioso Ganyyr. — Ele deverá escolher o tutor legal do príncipe Daryn.

– É uma questão difícil, mas terá de ser considerada — concordou Yemerk.

– Posso me encarregar de avisar pessoalmente ao soberano de N'Zten sobre o que poderá ocorrer e alertá-lo para que prepare seu filho para assumir o trono de Nay-Hak em uma eventualidade.

– Faça isso Ganyyr. Quando você poderá partir para N'Zten? — perguntou Yemerk.

– Amanhã mesmo. Estarei de volta em quatro dias, no máximo — respondeu o facínora.

– Então vou me preparar para encerrar oficialmente as buscas pelo príncipe e para dar a notícia assim que você voltar de N'Zten — afirmou Yemerk em tom preocupado. — E terei que dispensar os soldados enviados pelo Imperador Eghanak e informá-lo oficialmente da morte de Konath. Dias muito difíceis se aproximam — disse o conselheiro, desolado.

– Que os Provedores nos ajudem! — completou o cínico Ganyyr.

Capítulo 31

O amante Real

Pequenas oportunidades são muitas vezes o começo de grandes empreendimentos.

(*Demóstenes*)

Depois de terminado o encontro com o rei Tyrko, Konath voltou ao seu quarto com a cabeça fervilhando e tomado pelo ódio aos traidores. Começou a pensar em como usar as informações que tinha a seu favor. Sua vingança seria terrível. Seguiria sem entrar em contato com seus pais, pois precisava manter-se incógnito, até ter o controle de toda situação para eliminar os traidores. Precisava entender as razões que levaram os Mestres, supostamente leais a seu pai, a se tornarem traidores. O que mais estaria por trás dessa traição? Após muito pensar, decidiu que a melhor maneira de ter o controle de tudo seria dominar toda a família real, pois dessa forma nada lhe escaparia.

No dia seguinte, passou a estudar minuciosamente o Palácio Thoor-Da e a observar toda a rotina dos monarcas.

Passava a maior parte das manhãs nas instruções de esgrima do jovem Lahryn, e por várias vezes Konath invadiu a mente do príncipe em busca de informações, mas somente constatou a retidão de seu caráter, pois ele nada sabia sobre os planos de seu pai ou dos traidores. Konath estava começando a se afeiçoar ao belo e inteligente Príncipe.

Na tarde daquele dia, Konath voltava da biblioteca real, pelo corredor principal da ala leste quando notou que, na direção contraria, a Imperatriz Nanyraah vinha caminhando, seguida de duas damas de companhia.

– Vossa Majestade — referiu-se Konath à Imperatriz com uma reverência.

– Professor Dauht. Posso lhe falar por um momento? — pediu a Imperatriz.

– Certamente, Vossa Majestade.

– Deixem-nos a sós — ordenou às damas de companhia. — Quero saber como vai o progresso de meu filho em suas aulas, professor?

– O príncipe Lahryn é um jovem muito determinado, Vossa Majestade. Aprende rápido e tem personalidade forte.

– Meu filho é um rapaz muito especial, professor. Tem qualidades admiráveis para um jovem na sua idade.

– Concordo plenamente, Vossa Majestade — disse Konath.

– Espero que seja, além de um bom professor, uma boa influência para ele — disse a soberana, de forma séria.

– Farei tudo ao meu alcance, Vossa Majestade — afirmou Konath, sinceramente.

– Como foi sua experiência com o Imperador? — disparou Nanyraah.

– Vossa Majestade, eu... — Konath disse sem jeito.

– Não precisa responder — interrompeu a Imperatriz. — Peço desculpas pela minha indiscrição.

– Apenas cumpri meu papel de súdito — respondeu Konath, de cabeça baixa.

Konath aproveitou a proximidade com a Imperatriz para seduzi-la e invadir sua mente.

– Na verdade, Vossa Majestade, preferia estar em sua companhia, se me permite o comentário ousado.

– Terá o prazer de minha companhia esta noite, professor. Mandarei buscá-lo logo após o Imperador se recolher em seus aposentos — disse a Imperatriz lançando um olhar malicioso a Konath.

– Aguardarei ansioso este momento, Vossa Majestade.

– Eu sei. Vi como você me olhou naquele dia, no salão de refeições. Uma mulher não se engana, professor. Até mais tarde — disse Nanyraah retirando-se em direção a biblioteca real.

Capítulo 32

Eghanak recebe a notícia

Quem não tem medo da vida também não tem medo da morte.

(Arthur Schopenhauer – Vampiro de Schopenhauer, J. Modesto, Livrus, 2013)

Passaram três meses desde o desaparecimento misterioso do príncipe Konath, quando naquela fria manhã de fevereiro, os soldados que o Imperador Eghanak havia enviado para auxiliarem nas buscas retornaram ao Palácio Real de Ko-Uruth, após efetuarem as diligências que o conselheiro real solicitou.

– Venha comigo! Eu o levarei até o Conselheiro Fhyyr — disse o Capitão da Guarda ao mensageiro.

Assim que o Conselheiro tomou conhecimento do conteúdo da mensagem trazida pelo mensageiro real de Nay-Hak, sentiu um frio em sua espinha. As notícias que acabavam de chegar devastariam o coração da jovem princesa Daryneh, que tinha acabado de completar 20 anos.

– Ba yo, Vossa Majestade! — cumprimentou o Conselheiro Real.

– Ba yo, Fhyyr. O que o traz aqui tão cedo? Não me lembro de termos nada marcado para antes das duas horas da tarde — disse o Imperador Eghanak, intrigado.

– Sinto muito interromper, Vossa Majestade. O assunto do qual venho tratar é urgente e muito delicado — informou Fhyyr.

– Saiam todos! – ordenou o Imperador fazendo um gesto com a mão direita. — Do que se trata?

– As notícias que chegaram pelo mensageiro real de Nay-Hak são devastadoras e preocupantes — disse Fhyyr, com expressão de tristeza.

– Diga-me logo. Seja direto! — ordenou o regente com impaciência.

129

– Há provas de que o príncipe Konath foi morto na prisão de Tal-Rek e seu corpo foi cremado em seguida.

– O quê? — gritou o exaltado e incrédulo Eghanak.

– Foi apurado que sua caravana foi atacada próximo às margens do Rio Kós por mercenários que o venderam como ancillo. Posteriormente, teria sido comprado por um agricultor e comerciante de nome Aylekh em um leilão de servos do mercado de O-Huk.

– Isso é um pesadelo! Não pode ser verdade! — exclamou o governante incrédulo.

– Vossa Majestade. Temo que seja verdade, pois conheço esse agricultor. Na verdade, eu confirmei com ele toda a história antes de vir lhe falar — afirmou Fhyyr, desolado.

– E como ele foi parar na prisão? Por que não tentou entrar em contato comigo quando estava servindo a esse agricultor, em meu império? — gritou irado, Eghanak.

– Acredito que não teve tempo, pois foi acusado de ter roubado três moedas de ouro de seu senhor, o comerciante, e por isso foi levado à prisão de Tal-Rek, onde foi executado e cremado.

O Imperador ficou atônito com a notícia e se sentou amassando nas mãos os documentos que comprovavam o que Fhyyr acabara de relatar.

– Temo que as notícias fatídicas não terminaram, Vossa Majestade. — aditou o conselheiro.

– Como assim? — perguntou Eghanak arregalando os olhos.

– Com essa trágica notícia os Imperadores de Nay-Hak abdicaram do trono em favor do jovem príncipe Daryn e isolaram-se nas ilhas Therky inconformados com a morte trágica e prematura do filho.

– Isso não pode ser! Como não fui informado disso? — esbravejou o regente.

– O mensageiro do palácio real trouxe esta carta do conselheiro Yemerk, de Nay-Hak. Nela, ele informa oficialmente o exílio do Imperador L'Athos e sua esposa a imperatriz D'aarytha de Nay-Hak e a posse do príncipe Daryn de Path-Zug, filho do rei Sahkkor, como regente do império do Dragão Vermelho. Como seu tutor até completar a maioridade, foi nomeado o Mestre Ganyyr. Este Mestre foi escolhido pelo Imperador L'Athos, por ter sido muito próximo ao príncipe Konath. Estas são as notícias — finalizou Fhyyr.

— E toda essa tragédia acontecendo em meus domínios sem que eu nada soubesse ou pudesse fazer para evitá-la — lamentou o Imperador, desolado com as trágicas notícias que acabara de ouvir de seu conselheiro Fhyyr.

— Sinto muito, Vossa Majestade, por ter sido o portador de tantas notícias terríveis — lamentou o conselheiro. — Devo avisar a princesa Daryneh?

— Não! — disse Eghanak secamente. — Eu mesmo darei a notícia a ela. Minha pobre menina. Ficará devastada.

Capítulo 33

Os traidores comemoram

César declarou... que amava as traições, mas odiava os traidores.

(Plutarco)

Reunidos no palácio de Nay-Hak, os Mestres traidores comemoravam o sucesso de seus planos malignos, sem suspeitarem de que o príncipe Konath seguia vivo e em busca de vingança.

— Meu caro Ganyyr, finalmente podemos comemorar o sucesso de nosso plano — disse Ko-ryhor.

— Com certeza, meu amigo — confirmou o traidor Ganyyr. — Com a morte do príncipe Konath o caminho está livre para que o nosso jovem escolhido, o príncipe Lahryn Og Tyrko, de Thoor-Da, se case com a princesa Daryneh, do império do Dragão Preto.

— Já estou preparando o príncipe Lahryn para isso — afirmou Ko-ryhor. — Assim que ele completar a maioridade ele se casará com a princesa Daryneh, e nosso projeto será, enfim, o caminho de volta dos anciãos a um corpo denso.

— E a dominação de Ehh-Katyyr — completou Ganyyr.

— Esse não é nosso objetivo. Lahryn será naturalmente o Imperador de Ehh-Katyyr — disse Ko-ryhor.

— Com certeza será. Era a isso a que eu me referia — falou o dissimulado Ganyyr — Eu, como tutor do jovem Daryn, facilitarei para que Lahryn tome o poder em Nay-Hak, quando chegar a hora — afirmou.

— Assim deverá ser — completou Ko-ryhor, incisivo. — E quanto ao exílio dos Imperadores de Nay-Hak?

— Mandei avisar oficialmente ao Imperador Eghanak sobre a "decisão" de L'Athos de renunciar ao trono em favor de Daryn e exilar-se com sua

Imperatriz nas ilhas Therky, após a notícia do trágico destino do príncipe Konath — esclareceu Ganyyr. — A essa hora ele já deve ter contado a sua filha, a princesa Daryneh, que certamente ficará desolada e vulnerável. Assim, quando chegar a hora, ela estará disponível para casar-se com Lahryn. Afinal, será a melhor opção para a jovem princesa. O único soberano adulto disponível — completou Ganyyr com seu sorriso maquiavélico.

Capítulo 34

Seduzindo a Imperatriz

A vida, meu amor, é uma grande sedução onde tudo o que existe se seduz.

(Clarice Lispector)

–Zelah! Prepare meu banho e deixe meu jabador preto em cima da cama. Depois de me banhar você poderá se recolher — ordenou Konath.

Enquanto seu banho era preparado pelo ancillo Zelah, Konath vestiu um *robe de chambre*[26] de seda azul escuro sobre seu corpo nu, foi para a sacada de seu quarto e pôs-se a admirar o céu iluminado pela tênue luz noturna que emanava do cristal de fogo localizado no alto da Torre En-Ahab. A temperatura estava amena e apenas uma leve brisa soprava sobre o corpo do príncipe, marcando eventualmente sua silhueta.

Pairando no céu límpido, sobre as torres dos nove templos sagrados, os boulos, formavam no céu de Ehh-Katyyr as nove constelações que apareciam representadas nos portais de entrada dos respectivos santuários.

– Seu banho está pronto, meu senhor — anunciou Zelah.

– *Och'ra*, Zelah. Pode tirar minha roupa.

Zelah tirou o robe de Konath dobrando-o em seguida. Ficou parado de maneira meio tensa, observando discretamente a masculinidade de seu senhor, enquanto Konath entrava na vasca e acomodava a cabeça na pele de carneiro colocada na borda.

– Pode me banhar, Zelah — ordenou Konath, relaxando a cabeça sobre a pele de carneiro e fechando os olhos.

---

[26] Robe de Chambre – vestimenta, geralmente aberta à frente, usada por cima da roupa interior ou da roupa de dormir.

– Sim, meu senhor — disse Zelah, com a voz vacilante, e sentindo seu corpo estremecer de tesão, enquanto se agachava e começava a ensaboar o peitoral de Konath.

Konath percebendo a tensão de Zelah esboçou um sorriso malicioso.

– Comece pelos pés, Zelah. E faça uma boa massagem — disse Konath.

– Como quiser, meu senhor — obedeceu o ancillo, um tanto nervoso. E reposicionando-se aos pés da vasca, começou a banhar e massagear os pés de Konath durante longos minutos passando às panturrilhas, tensas pelos exercícios de esgrima. Zelah tentava manter sua excitação oculta, mas logo que passou a massagear a parte interna das coxas de Konath, percebeu que o volumoso falo de seu senhor começava a emergir como o mastro de um navio. Zelah não conseguia esconder a onda de tremores que dominaram seu corpo. Seus batimentos cardíacos acelerados de excitação podiam ser ouvidos no silêncio do quarto.

Konath percebendo a tensão de seu ancillo ordenou:

– *Och'ra*, Zelah. Pode se recolher que eu termino o banho sozinho. Amanhã traga meu dejejum no quarto às oito horas.

– Mas é minha função servi-lo, senhor — disse Zelah olhando rapidamente para o falo latejante de Konath enquanto escondia com as mãos sua própria ereção.

– Obedeça-me e recolha-se aos seus aposentos, Zelah — disse Konath, seriamente.

– Sim, meu senhor. Perdão por insistir — desculpou-se o ancillo.

Zelah saiu do quarto de Konath caminhando em passos rápidos até a ala dos aposentos dos ancillos. Entrou em seu quarto fechando a porta e imediatamente começou a se masturbar pensando em seu senhor até alcançar, em poucos minutos, o clímax, lançando longos jatos de esperma contra a parede lateral da porta. Com as pernas bambas após o gozo, Zelah cambaleou até seu catre, e deitou-se, adormecendo em seguida.

Konath acabou de se vestir e, após colocar uma discreta fragrância amadeirada no pescoço e no peito, caminhou até a sacada, para contemplar o movimento dos boulos no céu, quando ouviu batidas à sua porta.

– *Ba Z't*, senhor Dauht! Sou G'nyneeh, ancilla da Imperatriz Nanyraah. Minha senhora mandou buscá-lo. Venha comigo — disse a ancilla, indicando o caminho até o quarto da Imperatriz.

Konath seguiu a ancilla pelos corredores até alcançarem a ala dos aposentos reais. Como era de costume, os mandatários da realeza dormiam em aposentos separados, encontrando-se no mesmo quarto apenas para desfrutar dos momentos íntimos.

– É aqui – disse G'nyneeh, abrindo a porta para Konath passar.

– *Och'ra* — Konath agradeceu, educadamente.

– *Ba Z't*, minha senhora — cumprimentou Konath ao entrar no quarto ajoelhando-se em reverência à Imperatriz.

Era uma linda mulher na casa dos 40 anos de idade da Terra, com longos cabelos pretos cacheados e olhos amendoados verdes muito claros, com cílios realçados pela maquiagem que davam um charme de animal selvagem ao seu olhar.

– Aproxime-se, professor — convidou Nanyraah, esboçando um sorriso malicioso.

Nesse momento, aproveitando-se da vulnerabilidade da Imperatriz, Konath invadiu sua mente e pôde sentir o que e como ela queria se relacionar sexualmente com ele. Tomou-a em seus braços vigorosamente, puxando-a para junto de seu corpo para que ela sentisse o vigor de seu desejo enquanto dominava totalmente seus pensamentos.

Nanyraah entregou-se sem limites àquele macho que esbanjava virilidade.

Konath sentiu-se extremamente excitado pela suavidade e alvura da pele de Nanyraah possuindo-a intensamente de todas as maneiras. Debruçada sobre a poltrona que ficava em frente à porta da sacada, Konath a penetrava por trás, em movimentos suaves. Com sua mão esquerda, Konath acariciava os seios da Imperatriz, que sentindo aumentar o tesão, pedia para que ele fosse mais intenso, o que Konath fez com o maior prazer, pois gostava de sexo forte. Sentindo que Nanyraah estava no auge da excitação, Konath desceu sua mão direita em direção à vagina da amante e começou a estimular o clitóris dela com seu dedo médio, em movimentos ritmados, até que Nanyraah irrompeu em um gozo divino, que a fez sentir a sensação de sair do corpo. Na sequência, Konath ejaculou entre os seios da amante extravasando sua tensão sexual, e fez com que ela adormecesse com a lembrança de seu sexo forte e quente para que não o esquecesse. Futuramente, de alguma maneira, a Imperatriz poderia servir a seus propósitos de vingança.

Com a missão cumprida, Konath saiu dos aposentos da Imperatriz sem fazer barulho. E, usando seus poderes, certificou-se de que os guardas não se lembrariam de o terem visto, retornou ao seu quarto e dormiu tranquilo até o dia seguinte.

Capítulo 35

Konath tutor de Lahryn

Escolher o seu tempo é ganhar tempo.

(*Francis Bacon – Essays, 1625*)

Konath acordou assim que Zelah entrou no quarto, pontualmente às oito horas, trazendo a fina bandeja de abalone feita de concha gigante, com seu dejejum. O primeiro sol de Ehh-Katyyr já aparecia acima das montanhas Corcovas, iluminando a lateral leste do castelo.

— *Ba yo*, meu senhor. Espero que tenha dormido bem — cumprimentou-o o ancillo.

— *Ba yo*, Zelah. Dormi sim, *och'ra*.

— Gostaria de lhe fazer um pedido, meu senhor — disse Zelah.

— Pois faça, Zelah.

— O senhor permitiria que eu me relacionasse com outros ancillos do castelo? — perguntou o ancillo, de cabeça baixa, como se esperasse uma resposta negativa.

— Sim, Zelah. Vi o quanto você ficou nervoso ontem à noite na hora do meu banho. Sei que você tem necessidades e quero que você as satisfaça — permitiu Konath, compreensivo.

Zelah, ruborizado e surpreso por ouvir de seu senhor que percebeu sua excitação, agradeceu sem olhar diretamente para Konath.

— *Och'ra*, meu Senhor! — disse Zelah ajoelhando-se em agradecimento perante seu senhor.

— Mas lembre-se que eu sou o seu senhor e que tenho privilégios sobre você. Minhas necessidades são sua prioridade e seu dever de ancillo — Konath deixou claro.

– Jamais me esquecerei, meu senhor. Meu maior prazer na vida é servi-lo do jeito que desejar. Estarei sempre pronto a obedecê-lo cega e fielmente — afirmou Zelah, com devoção.

– Tenho certeza disso, Zelah. Agora me ajude a colocar o traje de instrução. A aula do príncipe Lahryn começará em uma hora. Hoje, ele terá uma aula especial — afirmou, maliciosamente.

Logo que terminou o dejejum, Konath desceu ao pátio para preparar os materiais para a aula de esgrima do príncipe. Hoje ele apresentaria a espada a Lahryn, mas também pretendia invadir sua mente para saber mais sobre a personalidade do jovem príncipe, pois começava a se interessar por ele de uma maneira especial.

Pouco antes da chegada de Lahryn, o Imperador Tyrko apareceu no pátio para falar com Konath em particular.

– *Ba yo*, professor Dauht — cumprimentou-o o Imperador.

– *Ba yo*, Vossa Majestade — Konath respondeu fazendo reverência.

– Vim lhe fazer um convite muito importante. Espero que aceite. Quero nomeá-lo tutor do príncipe Lahryn, meu filho. Quero que seja responsável pela formação dele nos próximos anos e seu bom conselheiro. Lahryn é um jovem muito determinado, como você já deve ter percebido, mas ainda imaturo. Faltam-lhe conhecimentos práticos da vida, que estou certo de que você poderá lhe dar — disse Tyrko, com olhar sugestivo.

Tudo estava saindo conforme Konath havia programado no dia anterior na mente de Tyrko.

– Nem sei como lhe agradecer esta honra, Vossa Majestade. Aceito esta responsabilidade com muita alegria em minha alma. Farei tudo ao meu alcance para proporcionar ao príncipe Lahryn a melhor formação possível. Espero poder satisfazer as suas expectativas e corresponder à confiança em mim depositada por Vossa Majestade — disse Konath, agradecendo formalmente o convite de Tyrko.

– Sei que você é um homem capaz, Dauht. Não tenho dúvidas em relação a isso.

– *Och'ra*, Vossa Majestade.

– Hoje à noite, nos meus aposentos, você poderá me agradecer a contento. Mandarei meu ancillo pessoal ir buscá-lo. Esteja pronto depois que todos se recolherem — ordenou Tyrko.

— Estarei, Vossa Majestade. Seu desejo é uma ordem — afirmou Konath, cinicamente.

— Com certeza, professor. Afinal, sou seu Imperador — disse Tyrko com um sorriso sarcástico.

O Imperador estava deixando o pátio quando Lahryn entrou e os dois se cumprimentaram. Tyrko falou brevemente com Lahryn, sobre a nomeação de Dauht como seu tutor. Lahryn assentiu com a cabeça e agradeceu ao pai.

— *Ba yo*, Dauht! — cumprimentou Lahryn.

— *Ba yo*, Vossa Alteza!

— Meu pai me informou sobre ter escolhido você como meu tutor oficial — disparou o Príncipe.

— Sim, Vossa Alteza. Espero que seja de seu agrado a escolha de seu pai. Para mim será uma grande honra — afirmou Konath, fazendo uma reverência.

— Tenho simpatia por você, Dauht. Não se preocupe. Fico satisfeito com a escolha de meu pai — disse Lahryn.

— *Och'ra*, Vossa Alteza! Disse a seu pai que lhe ensinaria tudo o que sei, passarei da melhor maneira que puder minhas habilidades e minhas experiências de vida.

— Confio em você, Dauht — disse Lahryn, esboçando um sorriso de simpatia, pois já começava a se sentir atraído pelo professor.

Konath ficou encantado com o jovem Príncipe, naquele momento. Algo diferente o tocou. Depois de tantos percalços pelos quais passou nos últimos meses, sentiu uma alegria súbita, quase infantil, que acalentou seu coração.

— Qual será nossa aula hoje, Dauht? — perguntou Lahryn.

— Hoje lhe ensinarei a arte de manusear uma espada, Vossa Alteza.

— A partir de hoje chame-me somente de Lahryn, Dauht — ordenou o príncipe.

— Mas, Vossa Alteza, o protocolo... — lembrou Konath.

— É uma ordem, Dauht. O protocolo real manda que os súditos obedeçam às ordens de seus soberanos — disse Lahryn. — Quando estivermos sozinhos, quero que me chame pelo meu nome, Lahryn. Em público, pode me chamar de Alteza. Esse é o meu protocolo — disse decisivo o jovem Príncipe.

— Sim, Vossa Alteza. Quero dizer, sim, Lahryn — respondeu Konath, surpreso com a força e decisão nas palavras de Lahryn.

— Muito bem. Vamos à aula, então.

Os dois sorriram e a aula teve início.

Capítulo 36

O ciúme de Nanyraah

Nos ciúmes existe mais amor-próprio do que verdadeiro amor.

(François La Rochefoucauld)

Apesar de ter passado mais uma noite com o Imperador Tyrko, Konath estava se sentindo feliz como há muito tempo não sentia. O dia trouxe surpresas as quais ele não fazia ideia. Chegou a se sentir relaxado. A alegria que Lahryn o fazia sentir era diferente e especial.

Como tutor de Lahryn, tinha de fazer as refeições junto aos cortesãos, pois agora era um alto funcionário do império do Dragão Branco. Mas, apesar de estar se sentindo mais relaxado, não esquecera que Tyrko havia mandado matá-lo, e que havia pelo menos um de seus Mestres envolvido na trama. Para isso, pensou que sua nomeação como tutor do príncipe veio bem a calhar.

Naquela tarde, durante o almoço, o Imperador estava especialmente simpático com os convivas. Todos perceberam a mudança de atitude de Tyrko, inclusive a Imperatriz Nanyraah, que não aceitou muito bem a nomeação de Konath para tutor de seu filho.

Após o almoço, os convivas foram se dispersando aos poucos, e quando Konath ia saindo em direção ao jardim do lado oeste do castelo foi interpelado por Tyrko.

– Então, meu querido Dauht... Fiquei feliz que meu filho tenha aprovado minha escolha. Vejo que conquistou a simpatia de Lahryn — observou Tyrko.

– Também fiquei muito feliz em saber que o Príncipe nutre simpatia por mim. Confesso que fiquei surpreso, pois cheguei ao palácio real há pouco tempo — disse Konath cinicamente.

— O que importa é que, em pouco tempo, você conquistou a todos nós. Estou muito feliz por você ter escolhido meu reino como sua nova morada — falou Tyrko, sinceramente.

— Está sendo um grande prazer, Vossa Majestade — afirmou Konath, cinicamente.

— Para mim também, Dauht. Para mim também. Estou incomodando seu passeio — inquiriu.

— Não diga isso, Vossa Majestade. Sua presença me faz sentir muito importante, perante os membros da Côrte.

— E a sua me faz sentir assim — falou Tyrko mostrando o volume por baixo de suas vestes.

— O senhor é um homem muito viril e fogoso, Vossa Majestade — observou Konath.

— Fico excitado só de conversar com você, Dauht. Quero tê-lo sempre por perto. Por isso lhe nomeei tutor de Lahryn. Não vou permitir que se vá — disse Tyrko totalmente dominado pelas lembranças de sexo com Konath.

— Não se preocupe, Vossa Majestade. Sei que aqui é o meu lugar. Servindo ao grande Imperador Tyrko — afirmou Konath, massageando o ego de Tyrko.

— Chega de caminhar, Dauht. Vamos para meus aposentos agora — ordenou Tyrko.

— Mas, Vossa Majestade... Podem nos ver...

— Eu sou o Imperador. Estou lhe dando uma ordem.

— Sim, Vossa Majestade. Perdoe-me — cedeu Konath.

Continuaram caminhando em direção à ala dos aposentos reais de Tyrko sem perceberem que a imperatriz Nanyraah os observava da varanda de seus aposentos.

Nanyraah entrou para seu quarto, irada de ciúmes de Konath. Sabia que não poderia contrariar seu marido, nem impedir que o agora tutor de seu filho, se deitasse com ele, mas na noite anterior, Konath mexeu com seus desejos mais profundos e agora, as atitudes de Tyrko, com sua ira de mulher.

— G'nyneeh! — chamou a ancilla. — Fique atenta quando o professor Dauht sair dos aposentos de meu marido e traga-o aqui. Diga que tenho algo importante para lhe falar — ordenou a Imperatriz com voz alterada.

— Sim, minha senhora — respondeu a serva.

– Vá! — gritou Nanyraah.

A Imperatriz, visivelmente irritada, voltou à varanda, onde ficou por um bom tempo, abanando-se com um leque, perdida em seus pensamentos.

Nesse ínterim, Tyrko e Konath entraram no palácio vindo dos jardins e atravessaram o átrio em direção à ala dos aposentos do Imperador.

Sem vacilar, os guardas abriram as portas dos aposentos de Tyrko, fechando-as, logo após eles passarem.

– Já não me aguentava mais. Não sei o que passa comigo, mas você me transtorna os pensamentos e aguça sobremaneira minha lascívia — disse Tyrko, enquanto beijava Konath e tirava sua roupa num frenesi de excitação.

Antes que percebesse, Tyrko estava com seus pensamentos dominados e Konath dava as ordens.

– Ajoelhe-se, Tyrko. Sirva-me como um ancillo serve ao seu senhor — ordenou Konath com desprezo.

– Como quiser, meu senhor — disse o subjugado Imperador.

Com a mente do Imperador totalmente dominada, Konath o humilhou e o seviciou sem limites, lembrando-se que aquele homem o queria morto. Transformou o monarca em seu escravo sexual e deixou impresso em sua mente e seu corpo que assim seria sempre que Konath quisesse e que só com ele.

Depois de exaurir as forças de Tyrko, Konath ejaculou em seu rosto, como um último ato de desprezo pelo submisso Imperador, e deixou-o lá, adormecido, vestiu-se e saiu do quarto.

Quando virou no corredor em direção a seu quarto, Konath foi interpelado por G'nyneeh:

– Senhor! Minha Senhora, a Imperatriz, deseja lhe falar com urgência. Por aqui, por favor.

Konath já podia imaginar o que Nanyraah queria.

– Espere aqui. Vou anunciá-lo — disse a ancilla.

E abrindo a porta, G'nyneeh fez um gesto para que Konath passasse e saiu do quarto em seguida, deixando-os a sós.

– Vossa Majestade — cumprimentou Konath, ajoelhando-se em reverência.

– Fiquei observando enquanto você e meu marido caminhavam. Para onde foram depois? — perguntou a enciumada Imperatriz.

— Vossa Majestade, eu...

— Não precisa responder. Foram para os aposentos do Imperador para fornicar — disse Nanyraah, visivelmente irada.

— Vossa Majestade sabe que não posso desobedecer ao Imperador. Não poso recusá-lo — disse Konath em tom de desculpa.

— Sei, mas não me agrada a ideia de dividir suas atenções com meu marido. Ele pode ter quem ele quiser. É um tirano. Todos sabem que usa sua autoridade para se servir de quem quiser, sem escrúpulos e de todas as maneiras — declarou revoltada.

Nesse momento Konath viu nos ciúmes da Imperatriz a oportunidade de vingar-se de Tyrko e ir mais além.

— Sabe que prefiro estar com a senhora. Não me agrada ter de servir sexualmente ao seu marido, mas minha posição de súdito, não me deixa alternativa. Não vejo solução, minha senhora. A menos que... — vacilou Konath.

— Diga-me, Dauht. Fale! — ordenou a Imperatriz, ainda com a voz alterada.

— A menos que o Imperador deixasse de existir e a deixasse livre, só para mim — disse Konath já influenciando os pensamentos de Nanyraah.

— Isso pode ser arranjado. Já não suporto sua tirania há muito tempo — afirmou a Imperatriz, fechando os punhos.

— Mas neste momento, minha linda senhora, faça com que eu esqueça os momentos de humilhação que acabei de passar no quarto do tirano. Faça-me sentir quem realmente sou. Faça amor comigo do jeito que eu realmente gosto — sugeriu o astuto Konath.

— Oh, Dauht — desmanchou-se Nanyraah, jogando-se nos braços do malicioso Konath.

— Minha senhora... Sua pele alva e sua fragilidade quando está em meus braços me excita sobremaneira — disse Konath, descendo sua mão direita pelo ventre da Imperatriz até alcançar o seu sexo, excitando-a.

E despindo a imperatriz, à medida que beijava seu corpo, Konath tocava seu sexo mais intensamente, invadindo sua vagina úmida com os dedos e massageado seu clitóris até sentir seu corpo tremer de tesão. Em seguida, deitando-a na cama, penetrou-a bem vagarosamente, em movimentos de ir e vir, durante um longo tempo, enquanto a beijava calorosamente, antes de intensificar a penetração cada vez mais forte. Nanyraah subitamente explodiu em gozo, contraindo violentamente seu corpo que tremia em descompasso, alcançando um clímax nunca experimentado com seu marido, Tyrko.

Quando Konath saiu do quarto, a Imperatriz jazia adormecida e completamente nua em seu leito. Em seus lábios, um sorriso de prazer mostrava a satisfação que Konath havia proporcionado.

Andando pelo corredor em direção a seu quarto, Konath repentinamente sentiu-se observado. Parando por um momento, voltou seu olhar para o fim do corredor de onde viera e ainda pôde ver uma sombra sumindo à esquerda.

Capítulo 37

Atentado contra Tyrko

No adultério há pelo menos três pessoas que se enganam.

(Carlos Drummond de Andrade)

Nenhum dia passava sem que Tyrko levasse Konath para seus aposentos. Nanyraah, por sua vez, assediava-o sempre que tinha chance. Essa disputa pela atenção de Konath começou a interferir nos assuntos reais. Tyrko já não dava mais atenção aos Mestres e ao guardião Rhek-noh, que o estavam ajudando em seu plano de unificar Ehh-Katyyr, pois pensavam que Konath, havia sido eliminado por Ytheron na prisão de Tal-Rek.

Konath percebeu que sua estratégia de vingança contra Tyrko e os traidores estava no caminho certo. Faltava apenas um pequeno ajuste. Precisava eliminar Rhek-noh, o mais depressa possível.

— Senhor, Dauht. Venha! Minha senhora o espera — disse G'nyneeh, chamando Konath para o quarto da Imperatriz.

— Diga a sua senhora que não poderei mais encontrá-la. O Imperador me impediu de estar com qualquer outra pessoa senão ele. Não posso desafiar a autoridade do Imperador. Estou desesperado para vê-la, mas não posso desobedecê-lo. Minha vida correria risco — afirmou Konath.

G'nyneeh voltou rapidamente aos aposentos da Imperatriz para dar o recado de Konath, que a seguiu sem que ela o percebesse.

— Maldito seja! — bradou Nanyraah irada.

Konath seguiu a ancilla até próximo aos aposentos da Imperatriz, e pôde ouvi-la vociferar com a notícia de que não mais poderia estar com ele por ordem de Tyrko. Em seguida, retirou-se para seu quarto sorrindo maliciosamente, satisfeito com o resultado de seu estratagema.

Já estava dentro da vasca relaxadamente se banhando, e admirando por meio da porta aberta da sacada o movimento dos boulos pelo céu que estava especialmente convidativo naquela noite, quando, de repente, ouviu fortes batidas na porta de seu quarto, acompanhadas de uma voz conhecida que chamava seu nome em desespero.

— Professor, Dauht! Abra, professor! — gritava Lahryn.

Konath saltou para fora da vasca e enrolou-se rapidamente em uma toalha, caminhou em direção à porta, abrindo-a, em seguida.

— Professor, uma tragédia aconteceu! — informou Lahryn, com voz nervosa.

— Vossa Alteza, desculpe-me por não estar vestido. O que houve?

— Minha mãe teve um acesso de loucura e tentou matar meu pai. Ajude-me, por favor! — disse desesperado, o jovem Príncipe.

Konath colocou seu roupão preto e correu acompanhando Lahryn pelos corredores em direção aos aposentos do Imperador. Por um momento sentiu pena do jovem.

Foram impedidos de entrar pelos guardas, mas Lahryn ordenou que avisassem ao Imperador Tyrko, que ele e Dauht estavam ali. O que foi feito em seguida.

Após alguns minutos, um dos guardas saiu do quarto e disse:

— O Imperador solicita sua presença, senhor Dauht, mas pede que o Príncipe Lahryn aguarde aqui fora — informou o guarda.

— Entre, Dauht. Veja o que aconteceu. Preciso saber o que houve. Pergunte por minha mãe — pediu em desespero o rapaz.

— Tenha calma, Vossa Alteza — tranquilizou-o, Konath. — Espere-me aqui.

Konath entrou no quarto de Tyrko e o encontrou cercado de médicos e outros súditos.

— Aproxime-se, meu caro Dauht — chamou-o Tyrko.

— Vossa Majestade, o que houve? O senhor está bem? — perguntou Konath, fingindo preocupação.

— Saiam todos! Deixem-nos a sós — ordenou o Imperador.

Obedecendo às ordens de Tyrko, todos deixaram o recinto.

— Estou bem, Dauht. Estou ferido, mas não é grave. Nanyraah enlouqueceu, entrou aqui em meus aposentos me chamando de tirano e me atacou com um punhal. Consegui desarmá-la, antes que ela me ferisse mortalmente e chamei os guardas que a dominaram. Não entendo o que houve — ela enlouqueceu de repente.

— Vossa Majestade, me perdoe. A culpa é toda minha — afirmou Konath, seguindo com seu plano de vingança.

— Como assim, Dauht? — perguntou Tyrko, surpreso.

— A Imperatriz me obrigava a encontrá-la em seus aposentos e servi-la sexualmente, pois sabia de nossos encontros e disse que tinha os mesmos direitos que o marido. Por favor, me perdoe. Ela me disse que se eu lhe contasse, ela me expulsaria do império do Dragão Branco, para sempre. Como sou apenas um súdito, fiquei com receio de ser prejudicado ou mesmo mandado embora daqui caso não a obedecesse. Nunca vou me perdoar pelo que aconteceu com o senhor, Vossa Majestade — disse Konath cinicamente continuando sua estratégia de colocar um contra o outro.

— Aquela infeliz. Vou mandar executá-la amanhã mesmo! — disse o irado Tyrko.

— Suplico-lhe que não faça isso, Vossa Majestade. Perderia o respeito de seu filho e ganharia sua raiva — avisou. — Peço por seu filho, que não o faça. Deve haver outra solução que possa ser compreendida pelo príncipe Lahryn, mas que poupe a mãe dele — sugeriu Konath.

— Não me enganei com você, Dauht. Meu filho está mesmo em boas mãos. Tem toda a razão — concordou Tyrko.

— O Príncipe Lahryn está me esperando. Posso sugerir que o chame e converse com ele para explicar-lhe a situação? — perguntou Konath.

— Mande-o entrar — concordou Tyrko.

— Imediatamente, Vossa Majestade. Ficarei esperando por ele no corredor — afirmou.

Konath saiu do quarto e pediu que Lahryn entrasse para falar com o pai.

— Seu pai está bem. Foi ferido, mas não é grave. Ele pediu que você entrasse para explicar-lhe o que aconteceu. Temo que a culpa pelo ocorrido seja minha — disse Konath, esperando uma reação de Lahryn.

— Como assim sua culpa? — perguntou Lahryn, intrigado com a afirmação do tutor.

— Sinto-me envergonhado, mas mesmo que isso prejudique seu julgamento em relação a mim tenho de lhe contar — disse Konath, baixando a cabeça e fingindo-se envergonhado.

– Não precisa me contar nada — disse Lahryn. — Posso imaginar pelo que passou. Conheço meu pai. Deixemos esse assunto para outro momento — completou Lahryn, mostrando-se sábio.

– *Och'ra,* Vossa Alteza — agradeceu Konath, admirado com a atitude do jovem Príncipe.

– Não precisa me esperar, Dauht. Vemo-nos amanhã, na hora da aula — afirmou Lahryn, dispensando seu tutor.

– Como quiser, meu senhor. Se precisar de alguma coisa não hesite em me chamar. Até amanhã — despediu-se Konath, virando-se e caminhando em direção ao seu quarto.

Capítulo 38

O descaso do Imperador

O descaso é o início para o fim de uma amizade.

(Salvador Faria)

O movimento ascendente das nuvens nas encostas nevadas das montanhas Corcovas dava a impressão de que todos os picos dos montes estavam envoltos em chamas albinas que evanesciam, desaparecendo em direção ao mar, deixando à mostra mais uma vez o corpo nu da cordilheira. Uma nudez verde e exuberante, lindamente revelada pelos primeiros raios do primeiro sol de Ehh-Katyyr. Da varanda de seu quarto, com um sorriso tranquilo nos lábios, Konath apreciava toda a exuberância da paisagem. Era um amanhecer tranquilo, considerando-se os acontecimentos do dia anterior.

No salão de refeições, alheios aos acontecimentos do dia anterior, os ancillos terminavam os preparativos da mesa para a primeira refeição do dia que seria servida pontualmente às nove horas.

— Ba yo, Theruk!

— Ba yo, Mestre Ko-ryhor — respondeu o Conselheiro Real.

— Com toda aquela confusão lamentável de ontem, gostaria de saber se os compromissos do Imperador serão mantidos hoje? — perguntou Ko-ryhor, friamente.

— Nada foi alterado — respondeu Theruk.

— Preciso falar com o Imperador. Acha que pode conseguir um horário para que ele me receba? Garanto que o assunto é importante e de interesse dele — disse o Mestre.

— Vou confirmar com ele após a primeira refeição. Não há nada marcado para esta manhã — afirmou.

– Seria perfeito! O quanto antes resolvermos este assunto, melhor será para todos — disse o Mestre.

– Posso saber se seu assunto tem ligação com o que ocorreu ontem? — perguntou o Conselheiro, em tom sério.

– Tem sim. Há certas providências que devo tomar. Tenho que avisar ao Conselho de Guardiões sobre o ocorrido, mas devo primeiro conversar com o Imperador para saber o que ele decidiu em relação à Imperatriz — respondeu Ko-ryhor.

– Eu o avisarei caso o Imperador não faça objeção — garantiu Theruk.

– Och'ra, Theruk! — agradeceu o cínico Mestre, enquanto entrava no corredor em direção ao pátio traseiro do palácio.

Pouco antes das nove horas os palacianos começaram a chegar ao salão de refeições e naquela manhã as vozes eram mais audíveis, haja vista o ocorrido no dia anterior. O burburinho corria de boca em boca entre os comensais até que o arauto anunciou a entrada do Imperador no recinto.

– Podem se sentar! — ordenou Tyrko, entrando apressado no salão de refeições.

Ao contrário do que os presentes esperavam, o regente não fez nenhum comentário em relação ao ocorrido, assim como ninguém ousou perguntar-lhe nada.

Naquela manhã, por sugestão de Theruk, Konath não apareceu para o café. O Conselheiro achou melhor evitar qualquer início de comentário que pudesse irritar o Imperador, já que agora o envolvimento do tutor com o casal de regentes era de conhecimento público na Côrte.

Terminado o café, Theruk aproximou-se de Tyrko e passou o recado do Mestre Ko-ryhor.

– O Imperador concordou em recebê-lo em seu gabinete imediatamente — informou Theruk a Ko-ryhor. – Sua Majestade o aguardará no gabinete real, logo após o dejejum.

Mais tarde, em seu gabinete, Tyrko recebeu Ko-ryhor para conversar.

– Já sei o que quer de mim. E lhe digo que não vou permitir a interferência de ninguém em minha vida pessoal — esbravejou Tyrko sem deixar que o Mestre falasse.

– Temo que o assunto que me traz aqui é exatamente a sua vida pessoal, Vossa Majestade — insistiu o Mestre.

— Aquela mulher é uma traidora. Está louca de ciúmes e não posso tolerar tamanha traição. Ela será exilada e nunca mais voltará a Thoor-Da — afirmou Tyrko, raivoso. — Eu deveria executá-la pelo ocorrido. Não farei isso apenas para não perder o respeito de meu filho — afirmou.

— Na verdade não estou aqui para falar da Imperatriz, Vossa Majestade. Vim falar sobre o seu envolvimento pessoal com o professor de esgrima do Príncipe Lahryn, Dauht — esclareceu Ko-ryhor.

— Tenho meus privilégios e não há nada que possa ser questionado. É uma conduta normal em nossa sociedade e eu como Imperador posso me servir de quem eu quiser — afirmou Tyrko, incisivo.

— Não estou questionando a conduta, Vossa Majestade. Mas temo que esse escândalo da tentativa de assassinato esteja intimamente ligado ao seu envolvimento com o professor Dauht. Preciso lembrar-lhe de que temos objetivos maiores em jogo e este seu envolvimento com Dauht está lhe tomando tempo e desviando sua atenção para o que realmente importa — alertou o Mestre. — Todos estão sabendo que ele também se deitava com a Imperatriz. Sugiro que elimine o professor como forma de manter a sua autoridade. Mande executá-lo por traição ou algo parecido — sugeriu Ko-ryhor.

— Não admito que me diga o que devo fazer — disse Tyrko levantando-se da cadeira em tom agressivo, com o dedo em riste. — Cabe a você e sua corja fazerem os arranjos para que eu me torne o único Imperador de Ehh-Katyyr. Não fui eu quem os procurei com essa proposta. Seu trabalho é limpar o caminho. Pouco me importa o que vocês farão, mas não interfiram em minha vida pessoal. E quanto a Dauht. Fique longe dele. Usarei o professor para o meu prazer enquanto eu desejar. Agora fora daqui! — berrou o Soberano.

Ko-ryhor levantou-se mordendo as mandíbulas, pediu licença e retirou-se indignado.

Capítulo 39

Exílio

Três coisas devem ser feitas por um juiz: ouvir atentamente, considerar sobriamente e decidir imparcialmente.

(Sócrates)

O clima de tensão permeava a reunião presidida pelo Imperador Tyrko na sala de audiências real. Quatro dias depois do atentado de Nanyraah contra Tyrko, a assembleia de conselheiros reais estava reunida com o Imperador para decidir o destino da Imperatriz, que se encontrava confinada em seus aposentos, aguardando o que seria resolvido.

Nos corredores do palácio real, o clima de tensão e os comentários feitos à boca pequena sobre o ocorrido dominavam a cena palaciana. Todos estavam curiosos sobre o que seria decidido na assembleia.

Konath, por sua vez, já sabedor do que Tyrko decidiria, resolveu dar apoio a seu pupilo, tranquilizando-o.

— Não se preocupe, Lahryn. Seu pai lhe prometeu que não faria mal à Imperatriz — consolou-o Konath.

— Sei que meu pai cumprirá sua palavra, Dauht. Ele não vai executá-la, mas sabe ser cruel. Jamais perdoará minha mãe por ter tentado matá-lo — concluiu Lahryn.

— Sinto-me muito mal por tudo que aconteceu. Sinto-me culpado. Eu deveria ter ido embora do palácio e tudo isso seria evitado — disse Konath, em tom dramático.

— A culpa não é sua, Dauht. Como súdito de meu pai, você não poderia evitar seus avanços, e minha mãe nunca se conformou com o fato de meu pai se deitar com todos que desejava — disse o Príncipe.

— Sinto-me envergonhado de qualquer forma — afirmou Konath.

— Não se sinta mal por isso. Serei sempre grato a você por ter falado com meu pai e evitado que minha mãe fosse executada por alta traição. Gosto de você, Dauht. Quero que esteja sempre ao meu lado — falou com carinho Lahryn.

— Eu também gosto muito de você, Lahryn. Serei sempre seu servo fiel — disse Konath, dessa vez sinceramente.

— Servo não, Dauht. Amigo — disse Lahryn.

— *Och'ra*, Lahryn. Sei que um dia serás um Imperador maravilhoso. Quero estar ao seu lado neste dia — afirmou Konath.

— E estará. Como meu Conselheiro Real — decidiu o Príncipe.

— Será uma honra, Vossa Alteza — afirmou Konath, sentindo-se feliz pela afirmação do príncipe.

As portas da sala de audiência se abriram depois de mais de uma hora de reunião. O Imperador mandou convocar toda a Côrte palaciana para pô-los a par do que havia sido decidido. Lahryn entrou no salão acompanhado de Konath e caminhou até seu pai, que estava com o antebraço direito enfaixado, posicionando-se ao seu lado direito.

Acompanhada de uma escolta de quatro soldados, a Imperatriz Nanyraah entrou na sala e sentou-se na cadeira designada aos réus para ouvir a decisão que seria proferida pelo conselheiro real, Theruk.

— Depois de deliberar com os conselheiros sobre o destino da Imperatriz Nanyraah, o Imperador Tyrko, em sua benevolência, decidiu que o exílio na Ilha D'Rayk será a pena adequada. A Imperatriz partirá com seu cortejo amanhã, depois que o segundo sol surgir sobre as montanhas Corcovas. Esta é a decisão do Imperador — anunciou Theruk.

Nanyraah ouviu a decisão e permaneceu calada. Seu olhar de ódio em direção a Tyrko era mais significativo do que qualquer palavra. Em seguida, retirou-se, acompanhada da escolta.

Dirigindo a palavra a seu filho, o Imperador Tyrko falou firmemente:

— Fiz isso por você, meu filho. Quero que entenda que um Imperador não pode deixar impune um ato de rebeldia contra o império, mesmo que tenha partido de sua própria família — esclareceu Tyrko.

— Eu entendo, meu pai — respondeu Lahryn, sinceramente.

— Um Imperador deve pautar seus atos em defesa do Estado. Tenha esta lição em mente — aduziu.

– Eu terei, meu pai. Quero lhe pedir que me permita despedir-me de minha mãe — pediu o jovem Príncipe.

– Pode ir vê-la. Tenho uma reunião com alguns Mestres depois do almoço. Devo comunicar-lhes a minha decisão sobre o ocorrido. Quero que se junte a mim no almoço, meu filho.

– Conte com a minha presença, meu pai — respondeu Lahryn.

Depois disso, o jovem deixou o recinto e foi ter com sua mãe, uma última vez.

Capítulo 40

Tyrko e os Mestres

Perder para a razão, sempre é ganhar.

(*Aldo Novak*)

O dia transcorria agitado no palácio de Thoor-Da. Durante o almoço, que Tyrko preferiu que fosse acompanhado apenas de seu conselheiro e seu filho Lahryn, Konath não participou, por recomendação de Theruk.

Ficou estabelecido de comum acordo entre os três, que Tyrko deveria evitar o contato com Konath durante algum tempo, até que a Imperatriz fosse para o exílio e que os comentários sobre o ocorrido na Côrte se acalmassem, para prevenir o desgaste da autoridade do Imperador.

Logo após o almoço, o regente se recolheu aos seus aposentos para descansar antes da reunião com os Mestres.

Nesse ínterim, Konath permaneceu em seu quarto saindo apenas para ministrar as aulas de esgrima a Lahryn e para acompanhá-lo em caminhadas em que sempre conversavam muito, desde que foi nomeado seu tutor.

— Estou ciente de que você está envolvido nos últimos acontecimentos entre meu pai e minha mãe. Preciso falar sobre isso, se não se importa? — disse Lahryn.

— Vossa Alteza, eu...

— Chame-me de Lahryn, como combinamos.

— Está certo, Lahryn. Mesmo sendo muito constrangedor para mim vou lhe contar exatamente o que houve.

Desde que cheguei ao palácio de Thoor-Da, seu pai, exercendo o poder de Imperador, não me deixou escolha quando mandou me buscar em meu quarto para ter uma conversa particular. Naquela noite, sabia o que ele queria, mas também sabia que não poderia evitar, afinal, sou súdito de seu pai, e como estabelecem as leis de nossa sociedade, o soberano tem poderes e direitos sobre qualquer súdito, o qual não deve contrariar seus desejos e suas ordens. Como você sabe, nossa sociedade se baseia nos direitos absolutos dos homens, não só sobre as mulheres, mas também sobre os seus súditos e ancillos.

— Sei tudo isso. Continue — disse Lahryn.

— Estive com seu pai uma noite e fizemos sexo, conforme sua vontade. Pensei que seu pai estava querendo me testar, enquanto estrangeiro a respeito de minha lealdade e obediência a sua autoridade de Imperador. Na verdade, começou mesmo dessa maneira — explicou Konath.

— Meu pai sempre impôs sua autoridade de maneira muito incisiva — admitiu o Príncipe.

— Naquela mesma noite, sua mãe, a quem também devo obediência por ser a Imperatriz, mandou que sua ancilla pessoal G'nyneeh me esperasse no corredor até que eu saísse do quarto de seu pai, e que me levasse em seguida a seus aposentos, sob o pretexto de falar sobre a sua educação, Lahryn. Na verdade, sua mãe queria mostrar autoridade sobre mim e acabamos por ter relações sexuais também — revelou Konath.

— Minha mãe tem personalidade forte. Aceitava contrariada a imposição de meu pai. Posso entender a atitude dela, querendo medir forças com meu pai — falou Lahryn.

— A partir deste dia, sua mãe mandou que eu fosse vigiado sempre que estivesse na companhia de seu pai, passando a me obrigar a servi-la sexualmente, assim como seu pai me obriga a servi-lo — disse Konath, constrangido.

— Sinto que tenha passado por isso, Dauht — disse Lahryn, tocando o braço de Konath de maneira a consolá-lo.

— Acabei virando um objeto de disputa de poder entre seu pai e sua mãe. Minha situação ficou pior, quando há dois dias seu pai me ordenou que eu não mais pudesse ter qualquer tipo de parceiro sexual que não ele, pois acabou sabendo o que se passava entre mim e sua mãe — disse Konath, mostrando tensão.

— Posso imaginar o estresse pelo qual você vem passando com toda essa situação — disse Lahryn, reconhecendo a situação vexatória pela qual seu instrutor Dauht vinha passando.

— Seu pai me disse que seria fácil para ele saber se eu o obedeceria, pois nada passava despercebido aos seus olhos. Afirmei ao Imperador que obedeceria às suas ordens cegamente, pois jamais desrespeitaria sua autoridade. Fiquei sinceramente apavorado — declarou Konath.

– Muito sábio de sua parte — admitiu Lahryn.

– Estava decidido abandonar a vida aqui no palácio e voltar para minha ilha natal, mas infelizmente não houve tempo hábil antes que toda essa tragédia acontecesse — revelou Konath, supostamente desolado.

– Meu pai não o teria deixado partir, Dauht — disse Lahryn.

– Temo que não. Naquela noite, a Imperatriz mandou sua ancilla me buscar e tive de dizer que não poderia mais me relacionar sexualmente nem com ela, nem com qualquer outra pessoa, por ordem do Imperador. Por causa dessa disputa de autoridade, a insatisfação com as atitudes de seu pai, ou até mesmo por sentir-se mais uma vez diminuída, sua mãe cometeu aquele ato extremo, impulsionada pela ira — concluiu Konath.

– Ela estava desesperada. Não suportava mais ter que obedecer a autoridade de meu pai — reconheceu Lahryn. — Não aprovo sua atitude, mas entendo.

– Quero dizer-lhe que sinto muito por tudo que aconteceu com seus pais, mas como súdito, não tive alternativa, senão obedecê-los — finalizou Konath.

– Entendo sua posição, Dauht. E espero que não vá embora, pois preciso muito de alguém de confiança a meu lado. Especialmente agora que minha mãe será levada para o exílio e não terei permissão de vê-la tão cedo. Conto com você não só como meu professor e tutor, mas também como um grande amigo, que quero sempre manter por perto — disse Lahryn, assertivo.

– Fico lisonjeado, Alteza... Desculpe! Lahryn. Espero poder corresponder a sua confiança e a sua amizade, servindo-lhe fielmente, desde já.

– Agradeço por ter sido sincero comigo a respeito do que aconteceu, meu caro Dauht.

– Sempre o serei, Lahryn — garantiu Konath.

No fim daquela tarde, quando Konath voltava dos jardins a caminho da biblioteca real, pôde ver, a uma certa distância, os traidores, Mestre Ko-ryhor e Mestre Ganyyr, a caminho da sala de audiências onde se reuniriam com Tyrko e outros Mestres do império do Dragão Branco. Por pouco não cruzou com os traidores mandantes de seu assassinato nos corredores do palácio.

Seguiu para a biblioteca com o coração acelerado e os músculos tensos de ódio, imaginando como poderia se inteirar da conversa que eles teriam com Tyrko. Enquanto divagava em seus pensamentos, uma figura conhecida veio em sua direção.

– Esteja preparado. Não deixe que esse sentimento de ódio tire sua razão. Mantenha sua capacidade de refletir e agir de acordo com o que a situação exige. Não cometa excessos. Use o poder que lhe foi concedido com sabedoria ou acabará por perdê-lo. Está avisado.

Mais uma vez, a velha senhora lhe apareceu e Konath sabia que algo sério iria acontecer. Um arrepio de medo e ansiedade percorreu sua espinha. Precisava saber de qualquer maneira o que fora conversado na reunião com os traidores, ao mesmo tempo que precisava permanecer incógnito, para não ser reconhecido por eles.

Na sala de audiências, Tyrko colocava os Mestres, seus comparsas, a par do ocorrido.

– Vossa Majestade, não posso deixar de perceber que seu envolvimento com esse Dauht o está tirando do caminho que traçamos para alcançar nossos objetivos. Devo lembrar-lhe de que há muito mais em jogo do que apenas seus interesses pessoais — disse o Mestre Donytho, seu aliado e informante, que servia no templo Dea Leben.

– Exatamente, Vossa Majestade. Há um plano maior. Sua soberania sobre Ehh-Katyyr é apenas uma parte do que foi planejado. Não devemos nos esquecer de que há poderes acima dos nossos que nos apoiam, mas também nos cobram atitudes e posturas — observou Mestre Ganyyr.

– Ko-ryhor me disse isso esta manhã. Fiquei muito irritado com a insistência dele em eliminar Dauht. Entendo sua preocupação. Isso não tornará a acontecer. Garanto que meu envolvimento com Dauht não atrapalhará nossos planos — afirmou Tyrko.

Terminada a reunião, os Mestres seguiram de volta aos templos que serviam, enquanto o Imperador ali permaneceu, absorto em seus pensamentos.

Capítulo 41

A decisão

Nada é mais difícil e, portanto, tão precioso, do que ser capaz de decidir.

(Napoleão Bonaparte)

Tyrko saiu da sala de audiências visivelmente transtornado. Os Mestres, seus aliados, decidiram que seu envolvimento com o "tutor Dauht" poderia desviar sua atenção, atrapalhando seus planos. Reforçaram a sugestão de Ko-ryhor de que a melhor solução para colocar de novo as coisas nos eixos seria eliminar Dauht sob a acusação de ser amante da Imperatriz e de estar mancomunado com ela com o intuito de assassiná-lo. Dauht seria acusado de alta traição e executado por ordem do Imperador. Afinal, tratava-se apenas de um professor e não haveria muita surpresa entre os palacianos, haja vista o regente ser conhecido na Côrte pela sua atitude impiedosa.

Konath, que espreitava da porta da biblioteca real e viu quando a reunião terminou, esperava ter uma oportunidade de estar a sós com Tyrko, mas Theruk havia sido chamado com urgência pelo Imperador logo após a reunião. Algo sério estava para acontecer. Nesse momento, Konath lembrou-se imediatamente das palavras da velha senhora, no corredor: "esteja preparado..."

Theruk caminhou em direção a Tyrko e, antes que dissesse alguma coisa, foi interrompido.

— Preciso falar com você, Theruk — disse Tyrko. — Na minha sala particular. Agora.

— Sim, Vossa Majestade — respondeu o Conselheiro.

Os dois caminharam pelos corredores, onde ficavam os aposentos de Tyrko, e foram direto para a sala privada anexa, onde o monarca sempre conversava com seu Conselheiro Real, sobre os assuntos mais importantes.

– Theruk, como você já sabe eu estive reunido com os Mestres até agora. Tive de avisá-los sobre o que ocorreu antes que as notícias se espalhassem — contou Tyrko.

– Compreendo, Vossa Majestade.

– Eles me fizeram uma exigência que me colocou em uma situação bastante delicada em relação a meu filho. Você sabe que tenho planos para unir Ehh-Katyyr em um império único e que para isso tive de fazer uma aliança com alguns Mestres que me facilitarão o caminho até o meu intuito — falou Tyrko.

– Sim, Vossa Majestade. Mas o que foi que eles exigiram? — perguntou Theruk sem saber de toda a trama por trás dos planos de Tyrko para a unificação dos impérios de Ehh-Katyyr.

– Toda essa situação que foi causada pelo meu envolvimento e de Nanyraah com Dauht, a quem nomeei como tutor de meu filho e herdeiro, trouxe um clima de instabilidade no império. E eles acham que para esta instabilidade se dissipar devo executar Dauht, acusando-o de ser amante e cúmplice de Nanyraah na tentativa de me assassinar e tomar o poder — explicou o Imperador.

– Isso é muito drástico, Vossa Majestade. Sinceramente acho que seria uma solução precipitada. Concordo que Dauht deva ser afastado até que as coisas se acalmem e que o exílio da Imperatriz seja um assunto superado, mas executá-lo faria do senhor um tirano perante o seu filho. O senhor poderia colocar em jogo o respeito e a confiança que o Príncipe nutre por Vossa Majestade — ponderou Theruk.

– Eles não me deixaram alternativa, Theruk! — replicou Tyrko, desolado.

– Então peça um tempo aos Mestres. Diga que vai esperar a Imperatriz partir para o exílio e converse com Lahryn. Procure fazê-lo entender sua posição diante da exigência dos Mestres para que ele fique ao seu lado caso não encontre alternativa — aconselhou Theruk.

– Você tem razão, Theruk. Mande preparar minha escolta pessoal. Farei isso imediatamente. Vou conversar com meu filho agora mesmo e em seguida irei pessoalmente ao Templo de Tria Bau para falar com Ko-ryhor. Ele é o responsável pelo contato com todos os outros Mestres. Estou certo de que se eu conseguir convencê-lo, os outros o seguirão.

– Vou providenciar tudo imediatamente, Vossa Majestade — afirmou Theruk. — Com licença.

Depois que o seu conselheiro saiu da sala de reunião Tyrko permaneceu sentado, absorto em seus pensamentos.

Capítulo 42

Tensão e revolta

Toma conselhos com o vinho, mas toma decisões com a água.

(Benjamin Franklin)

Theruk saiu dos aposentos de Tyrko caminhando rapidamente em direção ao pátio da guarda para transmitir a ordem do Imperador à sua guarda pessoal. Konath o seguiu discretamente e esperou até que o Conselheiro voltasse e o interpelou quando caminhava em direção à sua sala de trabalho.

— Theruk!

— Professor Dauht! — exclamou o conselheiro com um ar de surpresa tentando esconder o nervosismo.

— Preciso lhe falar em particular. É sobre o Príncipe Lahryn. É urgente — disse Konath, convincente.

— Está bem. Espere-me em minha sala. Estarei lá em alguns minutos — disse Theruk, apanhado de surpresa.

— *Och'ra,* Theruk! — agradeceu Konath.

Konath percebeu a surpresa e o nervosismo no rosto de Theruk. O conselheiro real não conseguiu encará-lo nos olhos, o que indicava que algo estava acontecendo e que seu nome estaria envolvido.

Durante os longos minutos de espera por Theruk, Konath tentava imaginar o que poderia estar acontecendo. Ficou muito intrigado com a visita dos Mestres traidores aliados a Tyrko que sabia terem sido os mandantes de seu assassinato e responsáveis pelo que havia lhe acontecido até então.

Com toda a agitação causada pela tentativa de assassinato do Imperador pela sua esposa e a decisão do Imperador em mandá-la para o exílio o reino estava em polvorosa, exatamente como Konath havia previsto. Os boatos envolvendo seu nome em toda a confusão permeavam cada conversa nos corredores do palácio. O clima estava tenso.

Os pensamentos de Konath foram interrompidos pelo som da porta se abrindo e a entrada do Conselheiro Theruk.

– Desculpe a demora, Dauht. O dia está agitado com tantos acontecimentos — justificou-se o conselheiro.

– Eu entendo, Theruk. Também estou nervoso com tudo o que houve. Ademais, como você já deve saber, estou envolvido nessa confusão toda. Tenho muito receio do que possa me acontecer — disse Konath, mostrando-se preocupado.

– Imagino que sim — concordou Theruk.

Aproveitando do momento, Konath penetrou a mente de Theruk. Descobriu que os Mestres traidores mandaram Tyrko acusá-lo de alta traição e participação na tentativa de assassinato ordenando sua execução como forma de resolver tudo e trazer a ordem de volta ao império, mantendo a autoridade do Imperador. Tomado pela ira, Konath deixou a sala de Theruk, apagando da memória do conselheiro esse encontro. Decidido, o príncipe planejou um golpe certeiro em seus algozes.

Capítulo 43

A vingança

A glória é um veneno que se deve tomar em pequenas doses.

(Honoré de Balzac)

Konath decidiu que sua vingança contra os Mestres traidores seria implacável e não poderia mais esperar.

Após descobrir todo o plano para se livrarem dele, quando vasculhou a mente de Theruk, Konath seguiu ligeiro para os aposentos reais e usando seus poderes para dominar os guardas entrou nos aposentos de Tyrko.

— Vossa Majestade.

— O que faz aqui Dauht? Não sabe que não podemos nos encontrar mais? Guardas! — chamou Tyrko, sem hesitar.

— É inútil resistir. Venha até mim — ordenou Konath, já tendo a vontade do Imperador sob seu domínio. — Quero que me diga tudo o que foi conversado com os Mestres. Seja preciso.

— Sim, meu querido Dauht — disse um patético e hipnotizado Tyrko.

Terminada a conversa com o Imperador e após programá-lo para que obedecesse cegamente às ordens que lhe foram dadas, Konath deixou os aposentos de Tyrko tomando o cuidado de apagar a lembrança de sua visita da mente do monarca e dos guardas. Logo em seguida, Tyrko saiu de seus aposentos e caminhou até o pátio da guarda onde sua escolta o esperava.

Da varanda de seu quarto, Konath observava Tyrko e sua escolta saindo a caminho de Tria Bau, na mesma hora em que o segundo sol começava a tocar o topo do vulcão Phy-Zayk, a oeste do continente. O sorriso de vingança em seu rosto e o olhar fixo na escolta que partia em direção ao Templo Tria Bau denunciava a tragédia que estava por vir. Assim que a escolta sumiu de suas vistas, Konath virou-se para seu ancillo e ordenou:

– Zelah! Quero que me prepare o banho.

– Sim, meu senhor.

– Mas antes disso, preciso relaxar — disse Konath puxando Zelah pela cintura.

Com a mão esquerda nas nádegas de Zelah, Konath levantou a túnica do ancillo que correspondendo às necessidades de seu senhor virou-se e apalpou o volume rijo e latejante de Konath, por baixo do jabador. Zelah fez menção de se ajoelhar para alcançar o pênis latejante do seu mestre com sua boca, mas Konath o virou de costas e o debruçou sobre a vasca, lubrificando seu ânus com saliva em movimentos de vai e vem com os dedos. Depois, debruçando-se sobre o corpo excitado do ancillo, começou a manipular os mamilos de Zelah, beijando sua nuca, enquanto o penetrava vagarosamente no início, até que todo o pênis tivesse penetrado, passando a movimentos mais intensos e fortes, gozando furiosamente minutos depois, descarregando por meio do ato sexual toda a tensão acumulada.

— Oh! Meu senhor... — gemia o ancillo num misto de dor e prazer.

Mais de meia hora havia passado e Konath ainda tinha Zelah sob seu domínio quando ejaculou novamente em meio a uma explosão de gozo, inundando as entranhas de Zelah que não se contendo, também gozou em profusão fazendo seu esperma escorrer pela lateral da vasca, onde estava apoiado. Seus corpos sacudiram com os derradeiros espasmos de prazer, enquanto deslizavam para o chão, onde Konath permaneceu abraçado a Zelah e com seu sexo ainda latejante dentro do ancillo, até que relaxou saciado.

– Agora me sinto bem — disse Konath saciado. — Vá preparar meu banho, Zelah.

– Sim, meu senhor — disse o obediente ancillo, com a voz fraca e as pernas trêmulas, levantando para cumprir as ordens de seu dono.

Konath sabia que o sexo o fazia relaxar a tensão e concentrar energias. E, enquanto não alcançasse seus objetivos, usaria Zelah com esse intento.

Enquanto Konath relaxava confortavelmente em seu quarto, Tyrko seguia com seus soldados para o Templo Tria Bau, para onde foram os mestres, aguardarem a resposta de Tyrko. Seu rosto impávido escondia o real propósito de sua visita ao santuário.

Quando chegou ao templo, Tyrko ordenou que seus homens o aguardassem no lado de fora.

– Guardas! Fiquem aqui no pátio. Não permitam a entrada de mais ninguém até que eu retorne — ordenou Tyrko.

– Ba yo, Imperador! — cumprimentou o sacerdote na entrada do templo.

– Ba yo! Tenho um assunto urgente a tratar com o Mestre Ko-ryhor. Leve-me até ele.

– Venha comigo, Majestade — respondeu o sacerdote sem suspeitar das intenções de Tyrko.

O Imperador entrou no templo seguido apenas pelo capitão da guarda, além de dois de seus melhores soldados, como escolta pessoal e foram direto para o salão dos Mestres onde se encontravam, além de seu aliado Ko-ryhor, dois Mestres Tria Bau que também o apoiavam.

– Ba yo, majestade! O que o traz ao templo? — perguntou o Mestre intrigado.

E, em um súbito ataque de fúria, o Imperador lançou-se contra eles comandando o massacre de seus aliados, enquanto gritava "morte aos traidores do Imperador". O primeiro a sucumbir foi Ko-ryhor. Tyrko desferiu-lhe um golpe tão forte com sua espada que quase arrancou o braço esquerdo do infiel aliado que gritava com a dor lancinante sem entender o que estava acontecendo. Enquanto o sangue jorrava indistintamente, o Mestre tentou fugir, mas foi alcançado pela lâmina da espada de Tyrko que atravessou seu peito.

Antes que o moribundo caísse ao chão, o alucinado Imperador segurou-o pelos cabelos e de um só golpe arrancou-lhe a cabeça deixando o corpo cair em meio a uma poça de sangue. Por toda a sala o sangue dos Mestres cruelmente massacrados manchava o chão e as paredes transformando o local sagrado em um cenário de terror sem precedentes.

Ouvindo os gritos da carnificina, as sacerdotisas correram em desespero para a sala das oferendas e fugiram pelo túnel de comunicação com o Templo Dea Leben em busca de socorro.

Alucinado e totalmente fora de controle, Tyrko invadiu a Sala de Elevação localizada na área anexa ao salão principal do templo e lançou-se contra o portal de comunicação com En-Ahab.

– Eu sou o Imperador de Ehh-Katyyr! — berrava o alucinado Tyrko. — Ninguém me dirá o que devo fazer! Eu sou a única lei!

Tyrko se autoproclamou a única autoridade sobre Ehh-Katyyr, desafiando as instâncias superiores e renunciando à crença nos Enábulos.

Enquanto Tyrko perpetrava o caos no Templo Tria Bau, Konath relaxava calmamente em seu quarto, no Palácio Thoor-Da.

– Zelah. Vá buscar algo na cozinha para minha refeição. Traga pão, mel, queijo, frutas e vinho.

– Sim, meu senhor.

Vestindo nada mais que seu kaftan[27] curto de algodão branco, Konath saiu para a varanda do quarto para apreciar o movimento dos boulos no céu, confiante de que em breve, como tutor de Lahryn, poderia governar sem dificuldades usando seu poder de penetrar a mente das pessoas. Além disso, depois que o Imperador Tyrko executasse a programação que fez em sua mente, conforme planejou, o Imperador também seria punido pelos anciãos de O'Lahr, deixando o caminho livre para que ele, como tutor do Príncipe Regente, finalizasse sua vingança eliminando todos os traidores envolvidos na trama para matá-lo. Não fazia ideia do que estava ocorrendo em Nay-Hak.

---

[27] Kaftan — roupa masculina. Tipo de bata ou túnica sem botões.

Capítulo 44

O aviso da Senhora

Quem quer vencer um obstáculo deve armar-se da força do leão e da prudência da serpente.

(Píndaro)

Chegando ao Templo Dea Leben, as sacerdotisas de Tria Bau denunciaram o ataque do Imperador Tyrko aos Mestres. A sacerdotisa Maar-há, irmã mais velha de Lahryn, não podia acreditar no que ouvia. Não bastassem as notícias recentes sobre a tentativa de assassinato praticada pela sua mãe, agora seu próprio pai enlouqueceu e atacou os Mestres de Tria Bau. Muito assustada e chocada com os relatos, Maar-há foi até o Mestre Eynoor.

— Mestre Eynoor. Peço permissão para lhe falar em particular.

— Mantenha a calma, Maar-há. Acabo de ser informado do que ocorreu em Tria Bau. Realmente uma verdadeira tragédia — reconheceu Eynoor.

— Estou muito nervosa com tudo o que está acontecendo. Quero lhe pedir que me conceda uma dispensa de visita familiar. Depois de toda essa loucura que acometeu meus pais, meu irmão Lahryn precisará de mim — ponderou Maar-há.

— Entendo sua preocupação, Maar-há. É um momento muito delicado. Já solicitei uma audiência de emergência com os Anciãos de O'Lahr. Devo estar com eles tão logo saiba de toda a situação ocorrida em Tria Bau. Não sei se seria prudente mandá-la para Thoor-Da neste momento — ponderou Mestre Eynoor.

— Mas e meu irmão, Mestre? Se meu pai enlouqueceu, Lahryn corre perigo — insistiu Maar-há.

– Aguarde até o fim do dia. É uma questão de pouco tempo. Pedirei que eles interfiram para proteger seu irmão. Providenciarei para que você possa ir a Thoor-Da em segurança, assim que possível — afirmou Eynoor.

– *Och'ra,* Mestre Eynoor. *Och'ra!* — agradeceu Maar-há.

– Volte para a sala de recolhimento das sacerdotisas. Procure ajudar as de Tria Bau. Elas precisam ser acolhidas até que a situação de seu templo se normalize. Já mandei fechar a ligação com o Templo Tria Bau e reforçar a segurança — informou.

– Imediatamente, Mestre — afirmou Maar-há. — Com licença.

Saindo da sala do Mestre Eynoor, Maar-há cruzou com a sacerdotisa Merith caminhando apressadamente para falar com o Mestre.

– Mestre Eynoor.

– Sim, Merith.

– As notícias de Tria Bau são muito graves. Os ancillos que lá servem confirmaram que o Imperador Tyrko entrou no santuário acompanhado de quatro guardas e foram direto para a sala dos Mestres, onde atacaram e massacraram três deles que lá estavam reunidos. Dizem que ele estava transtornado e gritava "morte aos traidores do Imperador".

– Isso é terrível. Prepare o portal de comunicação imediatamente. Estarei na sala de elevação em poucos minutos — ordenou Eynoor.

– Sim, Mestre Eynoor.

– E, Merith... Avise a Maar-há que em breve ela partirá para Thoor-Da. Voltarei da audiência com os Anciãos com uma solução para que ela vá a Thoor-Da ainda amanhã, logo após a primeira refeição. Providencie para que ela seja acompanhada por duas outras sacerdotisas e dois Mestres, além da escolta necessária.

– Assim será feito, Mestre Eynoor — assentiu Merith.

– *Och'ra,* Merith. Pode ir.

Após uma breve pausa em seus aposentos, onde se paramentou para o encontro com os anciãos, Eynoor seguiu apressado para a Sala de Elevação.

O portal de comunicação já estava pronto para ser ativado quando Eynoor entrou na sala. Sua roupa branca transparente com detalhes em dourado deixava transparecer o corpo bem formado de Eynoor. Era um homem de compleição física regular. Sua voz firme e grave impunha respeito e conquistava a confiança de seus subordinados em suas decisões, que eram seguidas à risca, por todos.

— Já está tudo pronto, Mestre — disse Merith.

— Ativarei o portal agora — avisou Eynoor.

Assim que ativou a combinação de símbolos no portal, dois Tirabos[28] materializaram-se em cada lado do portal.

Os portais de comunicação localizados nas Salas de Elevação dos templos eram feitos de uma peça única de basalto colunar negro[29]. Cada templo possuía uma combinação de símbolos do alfabeto O'Lahriano que, quando ativados na sequência correta, abriam a passagem de comunicação entre a Sala de Elevação e a Sala dos Anciãos localizada na Ilha Hy-Brazil que na verdade era a Nave-Mãe dos O'Lahres. Apenas os Mestres responsáveis por cada templo sabiam a combinação correta dos símbolos para ativar aquele determinado portal. Depois de ativado, o Mestre que o ativou era teletransportado em energia consciencial[30] para o interior da Sala dos Anciãos. Durante o período em que seus corpos ficavam inanimados, como em um estado de profunda meditação, eram vigiados pelos quatro Tirabos.

Os nove Anciãos que compunham o Conselho das Três Castas O'Lahrianas eram seres de grande sabedoria. Eles eram responsáveis pela criação do continente de Ehh-Katyyr, que usavam como um grande laboratório para seus experimentos de hibridismo desde que chegaram a Terra, buscando um novo planeta onde pudessem viver, após a catástrofe que culminou com a extinção de seu planeta natal e quase extinguiu sua raça.

— Mestre Eynoor.

— Senhores de O'Lahr, *damrakity*[31].

— *Damrakity*... Qual o motivo da urgência?

— Senhores, não trago boas notícias de Ehh-Katyyr. Uma tragédia sem precedentes se abateu sobre o Templo Tria Bau, e sobre o império do Dragão Branco. Vim aqui solicitar sua intervenção urgente com o intuito de restaurar o equilíbrio.

---

[28] Tirabos — híbridos O'Lahrianos que protegiam os corpos humanos dos mestres quando em comunicação com os anciãos.

[29] Basalto colunar negro — tipo de pedra que os alienígenas O'Lahrianos utilizavam nas construções dos templos e monumentos.

[30] Teletransporte de Energia Consciencial — O mesmo que Projeção Astral.

[31] Damrakity — saudação usada entre os membros da alta cúpula O'Lahriana, que significa: "Somos parte da mesma energia".

– Relate o ocorrido, Mestre Eynoor.

– Há dois dias a Imperatriz do Dragão Branco, Nanyraah, atacou seu marido, o Imperador Tyrko, com o objetivo de matá-lo. Apesar de feri-lo, não teve êxito em seu intento e em uma reunião com os Mestres a serviço do templo Tria Bau e o Imperador Tyrko ficou decidido pelo exílio da Imperatriz na ilha D'Rayk, como forma de punição pelo ato de traição.

Ocorre que, por razões ainda desconhecidas, o Imperador Tyrko, no final do dia, foi até o templo Tria Bau com uma escolta de guardas e perpetrou uma chacina, na qual foram vitimados três Mestres Tria Bau, além dos guardas do santuário que resistiram ao ataque. A Sala de Elevação do templo foi totalmente destruída conforme informaram as sacerdotisas que, por minha ordem, se encontram abrigadas em Dea Leben até que a situação em Tria Bau se normalize e que sejam substituídos os Mestres assassinados. Ainda não sabemos o que motivou tamanha violência, mas sei que apenas sua intervenção poderá trazer de volta o equilíbrio àquelas terras.

Nesse momento, um guardião se aproximou do Ancião Pocetak, da casta KO que presidia a reunião e falou algo em O'Lahriano, reservadamente.

– Entendo — disse ao guardião. E voltando-se para Eynoor disse: – Mandarei substituir imediatamente o contingente perdido no ataque. Regresse ao seu templo e aguarde instruções para liberar o retorno das sacerdotisas de volta à Tria Bau. Enviaremos guardiões até o Palácio Thoor-Da para resolver a questão do Imperador Tyrko.

– *Damrakity*, senhores — despediu-se Eynoor.

– *Damrakity*, Mestre — respondeu Pocetak, o porta-voz dos anciãos.

Terminada a reunião, a energia da consciência de Eynoor retornou ao seu corpo denso, e em seguida os Tirabos desmaterializam-se e o portal de comunicação se fechou.

No palácio Thoor-Da, Konath saboreava sua refeição frugal relaxadamente na varanda de seu quarto quando sentiu uma presença em suas costas.

– Senhora!

– Venho avisar que em breve o palácio será visitado pelos guardiões de O'Lahr. Prepare-se! Seu destino está cada vez mais próximo. Dias difíceis chegarão às terras do Dragão Branco. Será sua oportunidade de retomar o caminho de seu destino.

– Estou preparado, senhora — garantiu Konath.

Nesse momento, Konath ouviu os arautos anunciarem a chegada do Imperador e sua guarda. Levantou-se e chegou até a mureta da sacada de onde podia ver o pátio principal. Quando se voltou, a senhora que na verdade era um guardião da Casta KO disfarçado, já havia desaparecido. Seguindo seu plano, Konath entrou para o quarto como se não soubesse o que havia acontecido. Já se preparava para dormir quando bateram à sua porta. Mais uma vez, Lahryn o procurou.

— Desculpe incomodá-lo, Dauht. Preciso de sua ajuda — falou o aflito Príncipe.

— O que houve, Lahryn?

— Fui informado de que meu pai acabou de voltar com sua guarda do Templo Tria Bau. Algo não correu bem. Ele está transtornado, quebrando coisas em seu quarto e agindo de maneira estranha — relatou.

— Entre aqui, Lahryn. Vamos conversar. Seu pai está passando por um momento muito difícil devido aos últimos acontecimentos, conforme já lhe falei. Na posição de Imperador ele tem obrigações com seus súditos e muitas vezes essas obrigações interferem na vida pessoal do soberano fazendo com que a tensão seja quase insuportável — explicou Konath.

— Os ancillos dizem que ele está tomado de uma energia ruim. O que poderá ter ocorrido? — perguntou o jovem Príncipe, visivelmente preocupado.

— Em breve saberemos, Lahryn. No momento, acho prudente que você não o procure. Volte para seus aposentos e procure dormir. Amanhã pela manhã seu pai estará mais calmo e Theruk o ajudará a recobrar a razão — aconselhou Konath.

Fragilizado pelo momento e sentindo confiança nas palavras de Konath, Lahryn o abraçou em um gesto de agradecimento.

— *Och'ra*, Dauht. Seguirei o seu conselho.

Konath, desconcertado pelo gesto do Príncipe, retribuiu o abraço, sentindo nesse momento uma energia vibrante crescendo de dentro para fora de seu corpo. Os dois ficaram abraçados por um tempo, sentindo essa energia diferente e boa.

— Até amanhã, Dauht. Espero que meu pai se acalme. Estou muito preocupado com ele. Acho melhor cancelarmos a aula de amanhã.

— Claro, meu Príncipe — concordou Konath. — Falarei com Theruk pela manhã. Até lá seu pai estará mais calmo — garantiu.

Konath despediu-se do Príncipe e fechou a porta do quarto sentindo um tremor que fez esquentar seu corpo dos pés até a cabeça. Sentiu sua respiração mais forte e seus batimentos cardíacos acelerados. Algo muito especial estava acontecendo entre os dois em meio aquele turbilhão de acontecimentos.

Lahryn por sua vez, caminhou de volta aos seus aposentos com uma sensação de bem-estar, apesar de todos os acontecimentos pesados dos últimos dias. Sem perceber, um sorriso de felicidade brotou em seus lábios. Estava certo de que enquanto seu tutor estivesse por perto, nada de mal lhe aconteceria. Sentia-se protegido.

Nesse ínterim, na ilha artificial de Hy-Brazil, assim que Eynoor deixou a reunião com os Anciãos, os Guardiões foram chamados para que o problema causado por Tyrko fosse discutido e para que providências fossem tomadas. Após serem informados pelos Anciãos de que Konath estava vivendo no palácio real de Thoor-Da, como tutor do Príncipe Lahryn, todos foram unânimes em decidir pela intervenção no império do Dragão Branco e afastar o Imperador, exilando-o, para que o projeto KO-NA-TH não fosse comprometido.

Rhek-noh, Guardião dissidente da Casta NA, responsável pelos laboratórios do império do Dragão Branco, que comandava secretamente o complô para que Lahryn tomasse o lugar de Konath, escondeu sua surpresa sobre o fato dele ainda estar vivo e, para não despertar suspeitas, sugeriu que o Imperador Tyrko fosse exilado no Mundo Inferior[32], como punição pelos crimes cometidos. Rhek-noh reafirmou que os O'Lahres tinham como regra a punição por reprogramação e por exílio evitando a punição por morte, já que seu objetivo era apurar na raça humana as melhores qualidades, visando ao retorno dos O'Lahrianos em um corpo denso despido de violência extrema, para possibilitar a absorção das habilidades intelectuais O'Lahrianas.

Após a reunião, ficou decidido que o exílio no Mundo Inferior, onde passaria o resto de seus dias, sem reprogramação da sua mente, seria a punição mais severa, pois Tyrko passaria o resto da vida torturado pelas lembranças dos seus atos e sem poder voltar à superfície de Ehh-Katyyr.

Os anciãos designaram os Mestres substitutos para o Templo de Tria Bau e nomearam um guardião de cada casta para acompanhar a intervenção imediata em Thoor-Da o que deveria acontecer antes do nascer do primeiro sol de Ehh-Katyyr. Entre os guardiões estava Rhek-noh.

---

[32] Mundo Inferior — cidade subterrânea, onde viviam os Teriantropos.

Epílogo

Exílio e destino

Para ganhar aquilo que vale a pena ter, pode ser necessário perder tudo mais.

(Bernadette Devlin)

No dia seguinte, Zelah acordou Konath antes do horário normal.

– Meu Senhor, acorde!

– Zelah. O que foi? Ainda é cedo.

– Perdoe-me, meu Senhor. O conselheiro Theruk solicita sua presença na sala de audiências, imediatamente. Circula pelos corredores do palácio a notícia de que altos sacerdotes chegaram logo cedo. Algo muito sério deve ter acontecido — informou Zelah.

– Prepare meu jabador branco, Zelah. E fique aqui no quarto aguardando minha volta — ordenou Konath.

– Sim, meu senhor.

Konath vestiu-se rapidamente e seguiu para a sala de audiências real. Lá chegando, percebeu que algo muito importante acontecera, haja vista a presença de representantes do alto concelho O'Lahriano de Guardiões, no recinto. Entre eles, Rhek-noh.

Notou que não havia nenhum representante do palácio real, nem mesmo Theruk estava presente, além disso, todos os presentes voltaram suas atenções para ele.

– *Ba yo*, meus senhores — cumprimentou-os Konath.

– Sente-se, Konath — disse Kryyel, o Guardião-mor da Torre En-Ahab[33] responsável por conduzir a reunião.

Konath sentiu um frio na espinha quando seu nome foi pronunciado, mas nada falou.

– Não se assuste. Durante toda a sua jornada, após o ataque a sua escolta no caminho para o seu casamento, seus passos foram seguidos de perto por um de nós. Aproveitamos a oportunidade para sabermos como conduziria sua vida nos momentos difíceis. Suas atitudes para solucionar os problemas que se apresentaram em seu caminho de aprendizado foram bem conduzidas na maioria das situações, salvo as últimas soluções em relação ao seu envolvimento com os soberanos de Thoor-Da — observou Kryyel.

– É verdade — adiantou-se o traidor Rhek-noh. – Tomamos ciência de que havia uma conspiração de alguns Mestres aliados a Tyrko com o intuito de matá-lo, para que ele casasse Lahryn com Daryneh, na tentativa de unir os reinos para alcançar seus objetivos ambiciosos e tirânicos de dominar Ehh-Katyyr.

– Julgamos que você usou exageradamente os poderes que lhe foram concedidos por nós, para invadir a mente dos híbridos. Por este motivo, a partir de agora esse poder lhe será suprimido. Você o terá de volta quando tiver inteligência emocional suficiente para usá-lo com sabedoria — avisou Kryyel.

– Pelo que ocorreu no Templo Tria Bau decidimos exilar o Imperador Tyrko no Mundo Inferior onde ele passará o resto de seus dias junto aos Teriantropos[34] — aditou Rhek-noh.

– Devo contar a Lahryn sobre minha verdadeira identidade? — perguntou Konath a Kryyel.

– No momento oportuno. Por agora você deverá continuar como tutor de Lahryn, e dar seguimento ao nosso projeto inicial — respondeu Kryyel. Você continuará sendo Dauht. A propósito, você demonstrou um sentimento terráqueo que consideramos importante ao usar um anagrama do nome de seu amigo Thuad, morto no ataque à escolta. Sabemos de sua opinião sobre

---

[33] Torre En-Ahab — torre gigantesca localizada no coração do continente artificial de Ehh-Katyyr, de onde nasciam os três rios sagrados que separavam as terras dos três reinos dos dragões, e no alto da qual ficava o Cristal de Fogo, acima das nuvens. Ali funcionava o principal laboratório de pesquisas dos O'Lahres, e era o local onde se reunia o Conselho dos Anciãos O'Lahres das Três Castas.

[34] Teriantropos — criaturas que são o resultado da combinação da forma humana com a animal. Resultados das primeiras experiências que os O'Lahres fizeram, logo que chegaram à Terra.

preservar os sentimentos humanos de amor e carinho pelos demais. Estamos reconsiderando essa possibilidade. Dependerá exclusivamente de suas ações daqui por diante, a aprovação pelo Conselho de Anciãos da manutenção de alguns dos sentimentos humanos, no híbrido perfeito, de corpo denso, que receberá nossas energias.

– *Och'ra,* meu senhor — agradeceu Konath, sinceramente.

– Também dependerá de suas atitudes daqui por diante o mérito de receber de volta seus poderes de penetrar na mente dos híbridos, como já mencionei — reafirmou, Kryyel.

– Entendo, senhor Kryyel — disse Konath, resignado.

– A essa altura o conselheiro Theruk já deve ter conversado com Lahryn a respeito da nossa decisão sobre o exílio do Imperador Tyrko. O Príncipe precisará de seus conselhos e de seu apoio. Durante o período que aguarda a maioridade para ser Imperador, o príncipe regente se apoiará em seus conselhos e nos de Theruk. Aos dezoito anos, Lahryn deverá estar pronto para ser coroado o novo Imperador do Dragão Branco. E lembre-se: nada do que foi falado aqui deve ser comentado com quem quer que seja, especialmente com Lahryn. Seu objetivo permanece inalterado. Agora vá, Konath! Seu destino o espera.

FIM DO LIVRO 1